角川春樹事務所

目次

主な登場人物

季蔵（としぞう） 日本橋木原店「塩梅屋（あんばいや）」の主。元武士。裏の稼業は隠れ者（密偵）。

三吉（さんきち） 「塩梅屋」の下働き。菓子作りが大好き。

瑠璃（るり） 季蔵の元許嫁。心に病を抱えている。

おき玖（く） 「塩梅屋」初代の一人娘。南町奉行所同心の伊沢蔵之進（いざわくらのしん）と夫婦に。一児の母。

烏谷椋十郎（からすだにりょうじゅうろう） 北町奉行。季蔵の裏稼業の上司。

お涼（りょう） 烏谷椋十郎の内妻。元辰巳（たつみ）芸者。瑠璃の世話をしている。

豪助（ごうすけ） 船頭。漬物茶屋みよしの女将おしんと夫婦。

田端宗太郎（たばたそうたろう） 北町奉行所定町廻り同心。岡っ引きの松次と行動を共にしている。

松次（まつじ） 岡っ引き。北町奉行所定町廻り同心田端宗太郎の配下。

嘉月屋嘉助（かげつやかすけ） 季蔵や三吉が懇意にしている菓子屋の主。

長崎屋五平（ながさきやごへい） 市中屈指の廻船問屋の主。元二つ目の噺家松風亭玉輔。

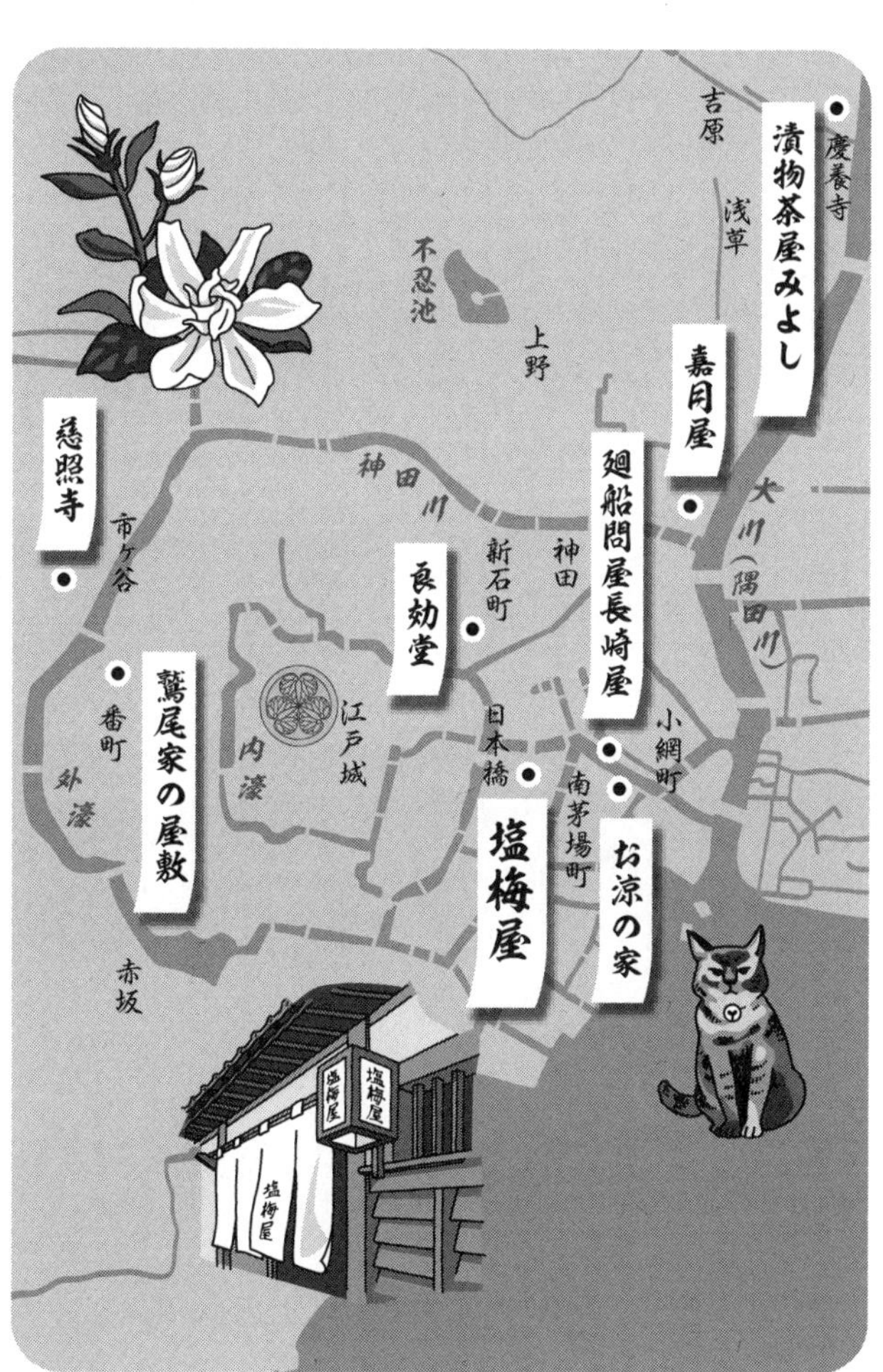

地図製作／コンポーズ　山﨑かおる

第一話　小雪ずし

一

日本橋は木原店の一膳飯屋塩梅屋の朝は早い。師走の夜の薄闇が白い朝の色に変わるにはまだまだ時がかかりそうだった。塩梅屋の主季蔵が店に着いてほどなく、

「おはようございまーす」

勝手口が開いて漁師たちの走り使いを務めているお喜代が入ってきた。

粗末な木綿姿のお喜代は年齢の頃は十八、九歳、化粧気はないものの、形のいい唇の持ち主であった。ただし、髪は妙齢の娘たちのようには結い上げず、左肩に寄せて一つに束ねている。前髪は鼻の下で切り揃えている。そのせいで額と両目がすっぽりと隠れているので全体の顔の様子がわからなかった。

「いつも早くからご苦労様」

労った季蔵はこのお喜代になにゆえ、このように髪を調えているのか訊いたことはない。見かけについての事柄を決して訊こうとしないのが季蔵であった。初対面では不思議に思

っても、そのうちに気にならなくなってしまう。季蔵が見ているのは常に相手の心であった。

「今日は大漁なんですよ」

お喜代はうれしそうに告げた。

「それは何よりだ」

季蔵は笑顔を返した。

塩梅屋は霜月の半ばから独自の押しずしを昼から振る舞い始めていた。どういうわけか、海の幸が豊富に獲れて、日々頼んである漁師たちから届く量がぐんと増えたからであった。もちろん量も多いし安価である。

「目玉はヤリイカ。あとはいつものなんですけど」

お喜代の声はヤリイカと言った時、高く跳ねたが、あとはいつものというところでくぐもった。

小ぶりなヤリイカは大型のスルメイカと比べて繊細な風味のあるイカとされていて、冬場が旬であった。いつものというのは江戸っ子の嫌う脂が乗っている鮪であった。

「いつもありがとう」

季蔵が労うと、

「とんでもない。こちらこそほんとうにありがとうございます。ありがとうございます」

お喜代は顔を髪で隠したまま何度も辞儀をして帰って行った。

独自の押しずしを始めたのは今期の大漁のせいもあったが、こうして毎日、魚介の重い荷を背負って届けに来てくれるお喜代の労に報いたいという気持ちも加わっていた。走り使いの駄賃は届けた量で決まる。

やっと辺りから薄闇が消えた。

「おはようっございっまあす」

下働きの三吉がやってきた。

「うわっ、ヤリイカだね。こりゃあ、皆喜びますよ。こんな立派なの、年が明けないとお目にかかれないんだから」

三吉は大量のヤリイカに目を輝かせたものの、

「ああ、また鮪かぁ。おいらんち、昨日の夜、ねぎまだったんだよね」

ねぎまとは葱と鮪を使った鍋料理である。小指の半分ほどの長さに切った葱は転がしながら焼いて色をつけ風味を出しておく。鮪は小指の爪ほどの厚みに切る。鍋に水、酒、醤油、味醂を入れて煮立たせ、葱と鮪を入れる。鮪の色が変わるまで煮て食す。

「それもさあ、おっかあが今日は財布の紐を緩めないって言って、赤身の鮪じゃなしに脂がある白っぽいとこを魚屋で貰ってきて拵えたんだよね、うちの昨日のねぎま。いつもならおっとうが文句言うところなんだけど、一目で気に入ったってんで露店で大黒様買ってきてて、これ結構高くて、おっかあ、もう頭から角生やしてたんだよ。そんなもん祀ったって金は入ってくるもんか、大黒売りにしてやられたんだって。だから、なーんか、皆しーんとしてて、最後はぎとぎとのねぎま鍋の汁、啜ったんだよね」

　鮪は鰯や鯵、鯖等の下魚よりもさらに一段も二段も低い魚と蔑まれていた。犬も食わないと言われていて、特に脂の多い大トロや中トロは傷みやすいので捨てられるか、肥料に用いられることが多かった。赤身は時に刺身に造られたが、たいていは冬場のねぎま鍋で食されていた。ちなみに高級魚の筆頭は鯛で、三吉の父親がついもとめてしまったという大黒像は金運の神様で年末ならではの縁起物であった。

「大トロ遣いのねぎまの汁はぎとぎとだったろうが、コクがあって家族揃って身体が温まったろう」

　季蔵は優しい目を向けた。

「うん。おっとうたちは汁のぎとぎとに嫌な顔してたさ。けど、おいらが前に季蔵さんに教えてもらった七色唐辛子をぱらぱらっと入れたら、あら、不思議、二人とも美味しいって啜ってた。おっとうときたら、〝ほれ、大黒様のおかげだろう〟なんて言っちゃって。またおっかあの目、三角になったけど角はもう生えてこなかった。やっと仲直り。よかったよお。おいら、一人っ子でしょ、だから両親が喧嘩するの一番応えるんだ。ほんと、ほーっとした」

　三吉は知らずと胸に手をあてていた。

「ところで、すし飯を段取りして、ヤリイカの塩〆をやってくれ。そいつを夕方、ヤリイカずしにしたら少し家に土産に持ち帰っていい。わたしは鮪の方をやる」

　こうして季蔵と三吉はこの日の小雪ずし作りに取り掛かった。押し過ぎずにふわりと仕上げる独自の押しずしは季蔵の考案で、

「これは美味(うま)い。まさに季蔵ずし」

「塩梅屋ずしってえのもいいな」

　常連たちがそう名付けようとしたのを、

「それは困ります」

　季蔵は必死で拒み、

「この時季だけと考えておりますので小雪ずしはいかがでしょう？」

　と提案して、

「まあ、風情はある」

「いいかもしれない」

　渋々名付けられることになった。

　三吉はすでに炊けている白米をすし飯にしていた。これを長四角の押しずしの型に詰めるのだがぎゅうぎゅうとは詰めずにふんわりと盛るように詰める。従来の押しずしだとこの上に酢漬けや煮付けにした魚を載せて、最低一日は重石(おもし)を載せ、押すのだが、小雪ずしでは、すし飯だけをごく軽い重石で半刻(はんとき)（約一時間）ほど押す。ようは押し終えたすし飯を、食べやすい大きさの長四角に切り揃えることができればいいのである。もとより押し過ぎは固い飯が魚の食感に合わないので駄目だが、押しが足りないとぱらぱらとばらけて

しまって摘まみにくく食べづらい。

「こいつばかりは年季が要るんですよ」

元高級すし屋高岡屋の若旦那健斗の言葉であった。健斗が店同士の確執が続いた後、相思相愛の相手と別天地を上方にもとめて江戸を去ってから久しい。

健斗の言う〝こいつ〟というのは握ったすし飯のことであった。すしを握るにはそれなりの修練が要るのである。屋台といえどもそれは変わらない。

「おとっつぁんはとびきりその技に長けていたんで、屋台から大店にまで上り詰めることができたんだって言ってました。おとっつぁんは商いに貪欲すぎて、いいところばかりじゃあなかったけど、これだけは凄かったんです。わたしは早く近づきたいとやみくもに修業しましたよ」

そう言った健斗が握ったすし飯はふんわりと柔らかいのに飯粒の立ち感が少しも損なわれていなかった。すし飯というよりもそれだけで充分格別な逸品だった。もちろん、この握りの食感は握り飯とも牡丹餅とも違っていて、到底真似のできるものではないと季蔵は思った。

そこで本格的なすし職人による握りではないが、それに近いものを大量に拵えるという目的から考え出したのが軽押しの握りずし風だったのである。

当初、三吉と共にこれを試し続けた季蔵は、なかなか押しの加減が摑めずに何度も失敗した。それでもやっと加減を摑むことができて小雪ずしとなった。小雪ずしの狙いは傷みにくい冬場だからこそ、存分に海の幸を堪能してほしいという願いでもあった。それゆえ、なるべく生に近い状態、もしくは引き出した最高の美味をすし飯の上に載せることにしている。

　季蔵が鮪を下ろしている間に三吉はヤリイカの下拵えに取り掛かっていた。小雪ずしのヤリイカは乳白色の美しい身を見せるすしだねである以上、丁寧な下拵えが必要であった。ヤリイカは新鮮なので茶色をしている。茶色い上面に包丁を縦一本入れると、切り口の真下に透明な骨（軟甲）が見える。切り口から左右に開き、軟甲を取り除く。

　ヤリイカはワタの裏側に墨袋がある。破らないように気をつけながら、頭を持ち上げて引き剝がしていく。墨袋を破ると美しく仕上がらない。墨袋とワタは捨てる。三角形の先端、耳から薄皮を剝がす。紙を使うと剝がしやすい。

二

　三吉が下拵えしたヤリイカはべろんとした白い長四角のやや厚めの布のように仕上がっている。これに塩をやや多めに振り、塩〆にする。塩〆にすると旨味でもある甘味が出てとろりとした食感になる。

　但し、すしは醤油をつけて食するので塩が多すぎてはいけない。これを乾かないよう紙で包んで、冷暗所で保管する。冬場なので井戸に吊るさなくても傷む心配はほとんどない。紙が湿り過ぎたら新しい紙に替える。ヤリイカは身が薄いので朝仕込めば夕方には仕上がる。

「この塩〆、魚によって〆加減が違うんだったよね」

三吉の言葉に、

「魚の切り身だと厚みがあるから種類によっては三日から七日はかかる。魚の切り身の塩〆は干物のような旨味が出てきているのに、やはり、ヤリイカのように食感はとろり。簡単にもかかわらず塩〆の効果は素晴らしいのだ」

季蔵は応えた。

「小雪ずしのたねは、塩〆ありき。塩〆したものを昆布で包めば昆布〆(こぶじめ)になるし、酢と砂糖、鰹出汁(かつおだし)等を混ぜた合わせ酢につければ酢〆になるんだったよね。えーっと――」

言葉に詰まった三吉に、

「昆布〆はどんなすしだねに使う?」

季蔵は促したものの、

――しまった。思いついたまま、すし飯づくり以外は何もかも一人で仕込んできてしまって、小雪ずしのたね仕込みをろくに三吉に教えずにいた――

当惑していた。

「思い出した、鰯に鯛に鰆(さわら)だった」

「それでは酢〆の方は?」

「うーん」

三吉は額に冷や汗を流しながら、

「鰺と鯖――あとはサクラマス、じゃなかったっけ？」

「その通りだ。それだけ覚えていれば、今後はほとんどのすしだねの仕込みをおまえに任せられる」

季蔵のこの言葉に、

「ほんと？」

三吉は跳び上がって喜んだ。

季蔵はすでに鮪二尾を捌いて三枚に下ろしていた。薄桃色に見える脂の多い大トロ、赤身、その間ぐらいの中トロに取り分けてある。

「いつもの通り、赤身と中トロは漬けにする」

季蔵は赤身と中トロの漬け用の煮切り醬油を拵え始めた。これには醬油と味醂、酒が使われる。分量は醬油六に対して味醂一、酒一である。味醂と酒を鍋に入れ、沸騰させて酒精を飛ばす。火から外し、醬油を入れて再び火にかけ、沸騰する直前に火から下ろし、冷まして用いる。火から外すのは醬油の風味を損なわないようにするためである。

「鰹節とかって入れないんだね」

手が空いた三吉は熱心に見ていた。

「鰹節は風味が強すぎて繊細な鮪の味の邪魔になるんだ」

「なーるほど。後は漬けるだけだよね。季蔵さん、切り分けた押しずしの大きさに合わせて鮪を切って漬けてたの？」

三吉は小首を傾（かし）げた。

「いいや」

季蔵は首を大きく横に振った。

「刺身にしてしまうと一度に煮切り醤油が染み込んで漬かりすぎて風味がなくなる。だからサクのまま漬ける」

季蔵は湯と井戸水とを小盥（こだらい）に用意していた。赤身と中トロのサクをそのまま湯にくぐらせて約四十数え、表面が茶色くなったら、冷たい井戸水に入れる。

「サクの赤身や中トロをすぐに冷やすのはそれ以上サクに熱が入らないようにするためだ」

そして、冷ましてある煮切り醤油に漬ける。

「サクは湯引きされていて表面が固く、これで醤油がどっと染み込まないように按配（あんばい）できる」

「それって、どのくらいの間漬けるの？」

「長くても二刻半（約五時間）ぐらいだろう。漬けすぎは禁物だ。鮪によっては固くなってしまうことがある」

この後、昼餉（ひるげ）近くになると季蔵は漬け置いた鮪を見て、

「よしっ、湯引きした表面に、ほどよく煮切り醤油が染み込んでいる」

煮切り醤油からサクを引き出して俎板に載せた。湯引きした部分が白っぽいだけで、包丁を入れてすしだねに切り分けていくと、中の身に煮切り醤油は一垂らしも染み込んでいない。

「今日の昼餉の小雪ずしには赤身の漬けとあと二品、中トロの漬けと生大トロを炙りにする。鮪の美味さをとことん小雪ずしで堪能してもらいたい」

季蔵は漬けにした中トロと生のままの大トロで鮪の炙りに取り掛かった。

三吉が七輪を二台と季蔵が考案して手ずから作った脚が付いている丸網を取り出した。丸網は脚の短いものとやや長めのもの二種類が作られていた。

いつもここまでは三吉の仕事で、七輪に火を熾し、その上に四つの脚がついた丸網を菜種油でよく拭いて載せる。

漬けになっているサクの中トロは脚の短い丸網に載せて、裏表を瞬時に炙り、炙りならではの風味を醸し出させる。大トロは中トロ同様、裏表を炙るのだがやや脚が長めの丸網に載せて、中トロよりは長く炙る。だから、焦げないように脚がやや長い丸網を使うのである。

「すし飯を並べてくれ」

季蔵は鮪尽くしの小雪ずしの仕上げに入った。漬けの赤身は海苔を敷いた押しずしの大きさに合わせて切り分けて載せる。漬け炙りの中トロには上に白胡麻で風味付けをしてみた。炙り大トロはそのままか、塩または好みで橙か柚子の汁を絞りかける。

「おっ、今日も鮪だね」

昼時になると客たちが店に入ってきた。

「たしか、昨日も鮪の小雪だったよな」

「代わり映えせずにすみません」

季蔵は頭を下げた。

「いいってことよ。ここはどんなすしだねでも安くて美味いってえ評判だ。それに俺はすっかりここの鮪に病みついちまったよ」

「俺もだ。犬が食わねえなんていうのは犬は味馬鹿なのさ、きっと。俺は人だから鮪の美味さがわかるんだよ、なーんちゃってね」

「ありがとうございます」

季蔵の頭はまだ下がっている。

こうしてあっという間に塩梅屋の昼の小雪ずしは売り切れた。

今日は鮪が二尾仕入れられたので、サクはまだ夜の分が残っている。

――今日あたりおいでになるのではないか？――

季蔵はふと北町奉行 烏谷椋十郎（からすだにりょうじゅうろう）の丸顔を思い浮かべた。巨体に似合わず童顔の丸い顔はいつもにこにこ笑っているように見えるが、実はその視線は常に鋭く冷ややかなのだ。

季蔵はこの烏谷との縁を先代の塩梅屋主長次郎（ちょうじろう）から引き継いでいた。

「今、お使いの人が来たよ」

三吉が烏谷からの文を季蔵に渡した。

今宵、暮れ六ツ（午後六時頃）、そちらへ行くゆえ、市中で大変な評判の小雪ずしをよろしく頼む。

烏谷

――お奉行は千里眼、地獄耳なだけではなく、鼻もよく利かれるようだ――

季蔵はふっと微笑んだ。烏谷は鮪の旨さがわかる数少ない食通の一人だったからである。烏谷の日々の市中探索は半端なものではなく、江戸八百八町を知り尽くしている。幕閣や大名家、大店の主から床店の主や物乞い、加えて公にできかねる闇の商いにも通じていて、当人は千里眼と地獄耳を自称していた。季蔵はそんな烏谷の配下にあるのだが、表だっての指名ではなくあくまで先代同様、隠れ者としての働きをもとめられてきていた。

――おいでになるからにはお役目をお申しつけになるのだろう――

烏谷は流行風邪禍で市中がほぼ麻痺状態になり、塩梅屋が開いている数少ない店になった時を除いて、ただ腹を充たすためだけに訪れるようなことはない。

――何だろうか？――

気になりながら暮れ六ツが近づくと季蔵はすし飯に載せなかった、湯通しで白くなってしまっていた部分の鮪を使って肴を拵えた。

赤身には山葵を載せて煮切り醤油を垂らす。中トロには煎り酒と擂り胡麻を混ぜてかけ、大トロは酒、味醂、醤油、胡麻油、七色唐辛子を混ぜた濃厚な煮切りの甘辛醤油タレで和える。こうして鮪三種の肴が出来上がった。

「こっちもできてるよ」

知らぬ間に三吉は見事なヤリイカの小雪ずしを拵えていた。

烏谷は暮れ六ツの鐘の音と共にがらりと音を立てて塩梅屋の油障子を引いた。

「ご案内いたしましょう」

季蔵は烏谷を裏手にある離れへと誘った。離れには長次郎の仏壇だけではなく厨もあって、先代の存命中から烏谷専用の場所ともいえた。ようは烏谷は舌鼓を打ちつつも密議と同様に難儀なお役目を与えてくるのであった。

三

離れに入ると烏谷はいつも長次郎の仏壇に線香を上げて手を合わせ、しばし瞑目する。この日も同様であったが、

「長次郎よ、わしと季蔵の話はここでつぶさに聴いておろう。こたびはあの世のそちが渋い顔をするであろう密命を持参した。まずはそちに許しを乞いたい」

珍しく声に出して呟いた。

——奇異なことだ——

咄嗟に季蔵は身構える気持ちになった。

──命を差し出してお役目を果たすのが隠れ者。命がけは覚悟の上だ。今までもその手の危ないお役目は多々あった。あの世のとっつぁんとて命がけくらいのことで渋い顔などするはずもない。はたして、命がけ以上に難儀なお役目などあるものだろうか？──

季蔵は心の中で何度も首を捻りつつ、烏谷の前に膳を並べた。

「今日の小雪ずしは鮪にヤリイカか。おうおう、鮪尽くしの肴まであるではないか。これはいい。なかなか行き届いておるのう」

烏谷はすぐに箸を取った。

すしでも肴でもまずは料理として味わうのがこのところの烏谷流であった。

「酒で活きる味もあろうが、酒に負けて殺される味もある」

舌に酒気を全く帯びずに烏谷は肴と小雪ずしを一握り、一箸ずつ味わった。もとより烏谷はどんなすしにも醤油をつけない。

「すし飯の按配がいい。口の中で飯粒がほろりとほどける。赤身の漬け小雪ずしは刺身の赤身よりも数段美味い。中トロの漬け炙りは得も言われぬ美味さだ。大トロの炙りともなると身体が震えそうだ。鮪尽くしの肴はやや味が濃い目なこともあって酒ではなく飯が合いそうだ。すし飯ではない炊き立ての白飯に載せて掻き込みたい」

などと講釈を続けて、

「ヤリイカの小雪ずしは美女のきめ細かな白い肌のようだ。ただ、わしには淡泊すぎる。

酒と合わせれば美女がそこにいるかのような夢を見せてくれそうだ」

と締め括った。

「さてこの後は酒、酒」

たらふく飲み、食べる、いつもの流れになった。

「美味いのう、美味い、美味い。鮪にヤリイカとは極楽、極楽」

満面に笑みを浮かべて上機嫌であった。

――まあ、いつもと変わらぬ気もするが、わたしに愛敬を振りまいているようでもある――

とうとう痺れを切らした季蔵は、

「先ほど仏壇の前で先代に呟かれていた、このたびのお役目についてお話しください」

率直に訊いた。

「それというのがなあ――」

烏谷は泣き顔に近いしかめっ面になった。

――芝居も上手いお方だ――

季蔵はやはり心の中で苦笑した。

「市中の秩序と安全を守る奉行たるもの、何とも情けない頼みではある」

烏谷は頭を抱えてみせた。

「するとそのお役目は市中の秩序と安全を脅かすものなのですか?」

季蔵はやや詰問口調になった。

「まあ、そうだ」

烏谷は項垂れて、

「ようは盗みなのだからな」

空の盃を片手に声をくぐもらせた。

——盗みがお役目とは——

季蔵はしばし呆れて絶句しかけたが、

——政に関わるほどの重大な書状の探索ということも考えられる——

気を取り直して烏谷の言葉を待った。

「金江藩を知っておろう？」

烏谷は大名家の名から切り出した。

「西国の外様ながら六十万石の大藩ですね」

「それでは清水川藩は？」

「譜代ではあられますが三万三千石ほどの小藩でしょう」

「実は大藩の金江藩と小藩清水川藩との間に縁組が進んでいる」

「それはおめでたいことです」

——しかし、大名家の縁組と盗みのお役目は一体全体、どこでどう結びついているのだろう？——

季蔵は途方に暮れる思いであった。

「町奉行が江戸市中の民のために行うのは秩序と安全を守ることではあるが、御定法に叛(そむ)く者たちを捕(と)らえて裁きを下すだけが秩序と安全の維持ではない。洪水、大風、流行病禍(はやりやまいか)等の天災に際しての橋や堤防の強化、医薬品や食を安価に保つのも町奉行所の役目だとわしは思っている。但し、公儀が授けてくれるこれらの大事にかかる費(つい)えは雀(すずめ)の涙ほどだ」

烏谷の言葉に、

「仰せの通りでございます」

季蔵は相づちを打った。

――お奉行が富裕な大店にまでつきあいを広げているのは、口利料(くちききりょう)で私腹を肥やすためではなく、橋や堤防の普請等にかかる費えのためなのだ――

「時に筆頭老中が替わられた。そしてわしはその近江守弘員(おうみのかみひろかず)様から折入っての頼みを受けてしまった。ちなみに近江守様はお家騒動による大名家の取り潰(つぶ)しは、幕府の力の衰退につながるという強い信念をお持ちだ。大名家のお家存続こそ徳川の底力ともなり望ましいと。外国船への対策が講じられているこのご時世、当然すぎる考えだとわしも共感した」

そこで一度烏谷はため息と共に言葉を切った。

「よくわかるお話です。ですが、それと金江藩と清水川藩との縁組、盗みはどう結びつくのでしょうか？」

季蔵は疑問をはっきりと口に出した。

「わしが近江守様を通じて会ったのは清水川藩の江戸家老であった。今、金江藩主の御息女伽耶姫様と清水川藩主の御三男竜之助様との縁談が調いかけているのだが、一つ大きな難問が生じている。金江藩では藩主の嫡男をはじめ三人いた男子が悉く病で倒れた末、残った伽耶姫様は身体が頑健なのはよろしいが、とにかく潔癖で気がお強いのだそうだ。婿君候補である男前の竜之助様の絵姿にこそ、一目で気に入って――うん――と頷いてくだされたものの、――こういう殿方にはとかく『源氏物語』の光の君のごとく、多数の女たちとのつきあいがあるはずだ、わらわはそれが許せない、来し方もこの先もわらわ以外の女は要らぬ――と言ってきかず、清水川藩に金江藩から申し入れがあったという。金江藩とてむずかしい気性の伽耶姫様に婿を取って世継ぎを得ることが必定なので、この申し入れは暗に竜之助様の女関係を糊塗せよという意味だった。清水川藩では竜之助様が遊びに訪れた遊郭や水茶屋、馴染みだった花魁や芸妓に金を渡し、つきあいなど一度もなかったことにしてくれと頼んで黙らせた。中には素人の町娘もいたが何とか得心させることができたという。こうして男前で女に優しい性格でモテにモテていた竜之助様の女関係は無事、葬られたかに見えたのだが――」

そこで烏谷は大きなため息をついた。

「よくもそこまで周到に手を打ったものですね」

季蔵は半ば呆れた。

――小藩が大藩と縁続きになるのは願ってもないことなのだろうが、ここまでとなると何だか滑稽だ――

「だが伽耶姫様が見逃さぬ女がいた」

烏谷は先を続けた。

「竜之助様が一時、絵の稽古に通っていた清原彩香という女絵師だ。狩野派に師事して、今や花鳥風月を描かせたらその清冽さゆえに右に出る者はいないと讃える者、あれは当人の美貌とも関わってもてはやされているだけだとこき下ろす者もいる。人を描かないというだけのことで、一度も自分の姿形を描いたり、描かせたりしないのも嫌味だ、不遜だという意地悪な叩かれ方もしている」

「清原彩香――」

季蔵はその名を聞いたことがあった。

――瑠璃が師事していた狩野派の絵師の高弟の名だ。瑠璃はとても憧れていて、〝先生の花鳥風月には穢れが一点もなくまるで心が洗われるようです。お姿そのままに心も筆もそして絵も美しいのです〟と言っていた――

瑠璃は季蔵の幼馴染にして元許嫁であったが曰く言い難い苦難と苦渋の日々を経て、重い心の病を負うこととなり、今は烏谷の内妻の元辰巳芸者で長唄の師匠お涼の家で手厚い世話を受けている。

「清原彩香は師に許されて一門を構え、そこに最近まで竜之助様が通っておられた。伽耶姫様は竜之助様が彩香の独り立ちを支えて世話をし続けていたのではないかという疑いを抱いておられるそうだ。大名とはいえ、小藩のこと、三男にはそんな金の余裕はないのだが、清水川藩にも多少の見栄はあってとてもそこまでは言えない。それゆえ、この対処に難儀しておるのだ。わしは金江藩の江戸家老にも会った。やはり困り果てていた。清原彩香は美貌と画才に恵まれて有名な上に、さまざまな風評のある人物であるだけに伽耶姫様のお心も揺れるのだろう。伽耶姫様は〝わらわの大事な相手を惑わした清原彩香などこの世にいなければいい〟などと物騒な物言いもなさっているそうだ。藩内には世継ぎを産むであろう伽耶姫様の命で動く輩もいるであろう」

四

聞いていた季蔵は別の危惧を抱いていた。

――独り立ちした清原彩香のところに瑠璃は通っていた。まさかとは思うが瑠璃と竜之助様がそこで顔を合わせていたとしたら――、伽耶姫様に調べられて瑠璃まで竜之助様との仲を疑われたら――

どんな禍が降ってくるかしれたものではなかった。

「身分ある女子というのはどんな邪道でも自身の王道だと信じる向きがある。特に信心と色恋に対してだ。時に色恋の方が信心よりも激しく、血の雨を降らせても動じぬであろう。伽耶姫様、とにかく手強い」

烏谷はにやりと笑った。

——追い込まれた——

おそらく瑠璃と清原彩香とのことをすでに調べあげているものと思われた。

——どうせ断ることのできぬお役目ならここは潔く処そう——

「ご縁組に関わるお役目、謹んで果たさせていただきます」

季蔵は頭を垂れてから、

「しかし、まだ伽耶姫様のご気性ゆえに難儀している縁組の進みと、お役目の盗みとやらのどこにつながりがあるのか見当がつきません。どのように動いていいのかもわかりません。どうかご説明ください」

訊かずにはいられなかった。

「わしが金江藩と清水川藩の江戸家老を取り持った。最初のうちは互いに屁でもない社交辞令の表向きの綺麗ごとばかり言うておったが、〝縁組成立が御両家のため、ひいては上様の御ためですぞ〟とわしが一喝して本音を引き出した。金江藩は伽耶姫様についてつぶさに話し、清水川藩では竜之助様が関わった女たちについて、無かったことにした示談の経緯を余さず話した。ここで心からよかったとわしが思ったのは、男前好きの伽耶姫様が疱瘡に罹った折、あばたを残さず治癒された、生来ご丈夫なお身体の持ち主であるだけでなく、あばた一つ無い菩薩のごとき美形であるという事実だった。美しさで引けを取らない伽耶姫様は容貌の引け目から、夫候補の竜之助様と付き合いのあった女たちを探って責め立てようとしているのではない。お世継ぎの種となる竜之助様に隠し子などあっては後々障りになりかねないと案じる気持ちもおありなのだ。そして怜悧な頭の持ち主でもある伽耶姫様は目に見える証の他は信じぬお方だそうだ」

　応えている烏谷に、

――やれやれ、先ほどまでの嫉妬ゆえの狂気に近い伽耶姫様へのおっしゃりようは何だったのだろう？　お奉行一流の相手を得心させるやり方なのだろうが――

　季蔵は苦笑しつつ、

「それでは、すでに清水川藩から出た関わった女の一覧や示談の話で目に見える証は立っているではありませんか？　この上、何が要るのです？」

　腑に落ちなかった。

「清原彩香一人、無かったことの示談に応じていないのだそうだ」

――政略の玉の輿に乗ろうとする不実な男をまだ想っているのか？――

「そち、今、彩香を不憫とは思わなんだか？」

「ええ、まあ――」

「それは違う」

　烏谷は苦笑しただけではなく眉間に皺を寄せた。

「清原彩香はこう言っているそうだ。〝わたくしと竜之助様とは師弟であり、それ以外の何ものでもございません。示談を認めるということは男女の仲であったと認めることでしょう？　それはできません。事実無根だからです。そんなことを認めては、この世の清々しさを画業に託してきたわたくしの花鳥風月が穢れてしまいます。わたくしは決して認めません〟と」

「なかなかの方ですね」

「わしもそう思う。しかし、清水川藩ではこの言葉だけは金江藩に伝えられぬそうだ。たしかに女絵師ごときの物言いにしては過ぎるものだということになり、伽耶姫様の取り巻き連中が暴れ出しかねない。清原彩香はそんな連中に押しかけられて命を奪われかねない。それにまだある。実は清原彩香に限っては竜之助様の片想いなのだ。竜之助様は彩香を絵の話ができて楽しい上に、何より落としてみたい女として見ていたようだ。なかなか落ちぬ女ゆえ諦めきれずに通い続けたとおっしゃっている。竜之助様はたいして珍しくもない、色好みの伊達男にすぎぬ。そんな竜之助様が片想いゆえの下心が窺える代物を彩香に贈っているのだという。取り戻してほしいのはその贈った物なのだ」

「いったいそれは何なのです？」

「清水川藩ではそこまでは言えぬという。そういうからにはかなりのものだと思う」

「おっしゃれないというのは権現様から下賜されたお宝であるとか？」

将軍家から拝領の品はもとめに応じて現将軍の前に持参し、忠義の程を示す必要があった。

「あり得る。石高こそ少ない清水川藩だが、関ヶ原の戦い以前からの徳川家の家臣だからな。権現様や台徳院（二代将軍徳川秀忠）様から下賜されたお宝が蔵にあってもおかしくはなかろう。その手の物とて竜之助様ならたやすく持ち出せよう」

「名刀でしょうか？」

――お宝をある程度限定しないと盗めない――

「いいや、茶器等であることも考えられる。清水川藩主はなかなかの目利きという評判だから、将軍家からの拝領品ではなくても、お家の一大事、いざという時に高値で売りさばけるようなものがあるだろう」

――うーむ。むずかしい――

季蔵は頭を抱えたくなった。

すると烏谷は、

「まあ、悩むには及ばぬぞ。わしもちゃーんと助っ人を考えておる。そのうちわかる」

わははと大笑いして最後に残して置いたのだと思われる、大トロの炙り小雪ずしをぱくり、ぱくり、ぱくりと三つ立て続けに食べて、

「ヤリイカの小雪ずしが残っていたら包んでくれ。女たちの土産にする。お涼や瑠璃を想わせる愛(いと)しくも品のいいすしだ。そちもそう思わぬか？」

しんみりとした物言いながら、無心した。

翌朝早くのことであった。

「季蔵さん、季蔵さん」

家の前で聞き慣れた声が聞こえた。

まだ夜は明けていない。

「松次親分」

油障子を開けると岡っ引きの松次が寒そうに身体を丸めて立っていた。外は凍えるような冬の寒さである。

「すまねえがまた、頼む」

松次は片手拝みをした。

「かしこまりました」

季蔵はすぐに身支度した。

二人で肩を並べて長屋の木戸を出た。

「田端の旦那が待ってるんでね」

そろそろ髷に白いものが出てきている松次は早足の季蔵に追いつくために小走りになった。

田端宗太郎は北町奉行所定町廻り同心で岡っ引きの松次はその下で働いている。二人とも烏谷の配下といえ、季蔵も同様なのだが、二人は季蔵が隠れ者であることを知らない。隠れ者はあくまで闇に紛れて役目を果たす存在だからであった。

にもかかわらず、こうして何か起きると季蔵に声が掛かるのは、二人が塩梅屋に立ち寄ることが多く、その折に迷走している事件の話が出て、季蔵がその謎を解き明かすことがしばしばだったからである。当初は店での助言や謎解きだったのが今では事件現場に呼ばれるようにもなっている。骸が出た場合、事故か自害か、殺しかを見極めるには骸を検める必要があったからである。

「季蔵さんの見立ては凄いよ」

「兜を脱ぐ」

　松次や田端に感心されるようにもなっている。

　——とにかくじっくりと見て気づいたことを言っているだけ。これは料理に使う魚や青物等と変わりはないのだが——

　そう季蔵は思っているがこの言葉を返したことはない。

「お褒めいただくほどのことではございません」

　これは謙遜ではなかった。

「骸検めなんだ」

　途中、松次は用件を告げた。季蔵が早足を緩めたので松次は小走りから早足になっている。

「喜多見国麿を知ってるだろう？」

「ええ。喜多川歌麿の再来と言われている美人画が得意な浮世絵師でしょう？」

「両国の自分の家で死んでたのはそいつなんだ。描いてもらうのに通ってきてた長田屋の女郎が夜更けて、冷たくなってるのを見つけたんだと」

五

「通ってきていた？　お女郎さんなら廓の外へは一歩も出られないのでは？　しかも稼ぎ時なのでは？」

「女郎といっても吉原ではなくて岡場所さ。しかも通い女郎っていって、自分の気の向いた時に店にでる女郎なんだ。だから、夜更けて筆を取る国麿流に合わせられるわけだ。国麿にとってもいただきの只飯も仕事の裡だったのかもな。描いてるのはあれだもん、まあ、わからないでもねえ」

――春画か――

笑い絵や枕絵、秘画とも呼ばれる春画は性風俗を描いた絵画で、性の指南書でもあった。冊子状のものが笑本、艶本、好色本、枕草紙である。たいていの絵師は署名の印を変えて実入りのいいこの画業を続けていた。

「女郎屋も女郎たちも、春画の大家に見込まれるのは感謝感激だよ。そのうち注目を浴びて銭を惜しまない上客が増えるんだからさ。いずれ贅沢な妾奉公だって叶うかもしんねえ。これがきっかけで苦界から這い上がれるとなりゃあ、皆必死だよ。だからどんな無理を言われても国麿の奴に描いてもらいたがってた。どこの店の誰が国麿に描いてもらうかで女郎同士、摑み合いの喧嘩があったっていう話も聞いてる」

そんな話をしているうちに二人は両国に着いた。

美人画を描く傍から浮世絵になって人気絶頂の喜多見国麿にしては粗末な平屋の仕舞屋だった。猫の額ほどの庭さえ手入れが行き届かず、葉を落とした落葉樹が突き出た骨のように見えて土の上は枯草で埋まっている。

「とかく人気者ってえのはこんなもんなのさ。いつだったか、そいつの唾まで売れるほどの役者が自害したってえんで駆け付けた家もそうだった。こんな風に庭は荒れ放題で屋根は雨漏りまでしてた」

「芸の肥やしにと飲む、打つ、買うの遊びが因ですか？」

「それもあるだろうが、この手の奴にはダニが付いてる。人気が出る前にそいつらに世話になってたり、人気が出ても仕事が途切れないよう斡旋をしてくれてたりすると無下にできねえ。見栄もあってあいつはケチだなんて悪い噂を立てられたくねえから、まず借金は断れねえ。だから飲む、打つ、買うは当人だけではなく、そいつらの役得だったりもする。ま、人気者ってえのは住んでる家ごと荒れた暮らしぶりってことだよ」

「ということは喜多見国麿を殺めたのはその手の取り巻きの誰かということになりますね」

「俺はそう睨んでるよ」

松次は言い切った。

家の中に入ると国麿の仕事場の八畳間に、天井に頭がつきそうなほど長身の田端宗太郎が腕組みして立っていた。季蔵は煤けた壁や穴がそこかしこに空いている障子等を見て、元々ここは廃屋だったのではないかと思った。廃屋なら持ち主に気づかれずに住んでさえいれば店賃(たなちん)は取られない。たとえ気づかれたとしても家や庭の修繕をもとめなければ安い。

何か思いを巡らしている様子だった田端は、しばし間があってから、

「ああ、ご苦労だった」

季蔵を労った。

喜多見国麿はうつ伏せに倒れて死んでいた。畳に血の痕(あと)は無い。

季蔵は骸に向かって手を合わせると、

「仰向(あおむ)けにさせていただきますが、よろしいでしょうか？」

奉行所には牢医(ろうい)を兼ねる骸を検分する役目の医者がいる。しかし、牢医が死の因について下手人につながる意見を言うことは滅多になかった。だからこうして季蔵が呼ばれている。

季蔵の言葉に田端は浅く頷いた。

仰向けにした骸は眠っているかのように見えた。

「これで仰向けのまま死んでいれば強い眠り薬、たとえば阿芙蓉(あふよう)（阿片(あへん)）等による自害かもしれませんが――」

季蔵は告げた。

「眠さに耐えかねて倒れ込んで死んだのだから殺しだというのだな」

田端はその先を口にした。

「ええ、誰もが覚悟の自害なら安らかな仰向けの形をとるのではないかと思います」

「なるほど」

田端の目は顔料の入った箱の隣に置かれている湯呑に向いている。

「死をもたらす毒はおそらくあの湯呑に入っていたのだ」

「確かめさせていただきます」

季蔵は黒い液の入った湯呑を手に取って嗅いだ。

「やはり酒に混じって嫌な臭いがありますね」

「先ほど舐めてみたが苦みもあった。間違いなく阿芙蓉だ」

田端は断じた。

「しかし、これを勧められて飲んだとは到底思えません」

——ということはやはり自害なのか？——

季蔵は自分の直感を一瞬疑った。

「だが、喜多見国麿は金に飽かして阿芙蓉買いをしていた。これは事実だ。量を間違って飲んで死んだとも考えられる」

田端はすでに探し出してあった阿芙蓉を吸うための煙管を片袖から取り出して見せた。

「煙管吸いでは物足りなくなって酒にも混ぜていたのではないか？」

「あっしには国麿がそんなヘマをする奴とは思えやせん。商いにも女にもなかなかの凄腕だったんですよ、あいつは」

季蔵に殺しだと告げた松次が言い張ると、

「それはおまえの勘にすぎぬ。殺しだという証にはならぬぞ」

田端は一蹴(いっしゅう)した。

――煙管による阿芙蓉吸いの常習と酒に混ぜての自害とが、どうにも腑に落ちない。理屈では少量の吸引ではなく多量に飲用すれば死ぬことができるのだが――

季蔵は仰向けの骸の口に顔を近づけた。

「酒の匂(にお)いがしません」

と言い切り、

「何か臭いませんか？」

さらに鼻を蠢(うごめ)かした。

「阿芙蓉の臭いではないのか？」

田端は不審そうに言った。

「いや――それに似たものでもっと強い――」

季蔵の目は知らずと畳の上や顔料の付いた筆と筆の間等に注がれ、気がついてみるとうつ伏せになって畳の目にまで自分の目を届かせていた。

掌(てのひら)に褐色の滓(かす)を拾い集めていく。

立ち上がった季蔵はそれらを嗅いで確かめた後、

「これは何でございましょうか？」

田端と松次の鼻先へと順番に晒した。

「こいつはくさやだよ、くさや、まちげえねえ」

松次が叫び田端が頷いた。

「常は酒しか飲まない旦那が好きな数少ない肴ですよ」

松次に話しかけられた田端は、

「好物なので阿芙蓉と異なるこの臭いに気づかずにいた、不覚」

渋面を作った。

くさやは、魚類の干物の一つで、伊豆諸島の特産品であり、江戸では珍品の肴である。鯵やトビウオ等の新鮮な魚をくさや汁と呼ばれる魚醤に似た、独特の匂いや風味をもつ発酵液に浸して置いた後、天日干しにして仕上げる。独特の強い匂いは好き嫌いがあるものの、こと左党には堪らない肴であることが多い。

「ってえことは、下手人はくさやに阿芙蓉を塗ったってことかい？」

松次が言い当てて、

「そんでもって、湯呑酒にも阿芙蓉を仕込んで自害に見せかけたってかい？」

と続けた。

「そういうことになります」

「するとやはり、下手人は国磨の近くにいるダニどもの一人か？」

田端は優勢を取り戻した松次の方を見た。

「そうに決まってやすよ」

松次は大きく頷いた。

「それはどうかと思います」

季蔵は反論した。

「どうかって、あんた――」

松次が気色ばんだ。

「親分言うところのダニどもは国麿さんが生きていてこそ、いい血が吸えたわけです。高じた無心に、腹を立てた国麿さんがつっけんどんに断ったとしても殺すとは思えません。せいぜいが絵筆が持てないように利き腕をへし折ってやるとかの脅しでは？　その脅しも実際にやるとは思えません。利き腕は命同様、財布ですから」

季蔵のこの指摘に田端が先に頷き、松次は渋々目を伏せて、

「それじゃ、季蔵さん、あんたはいったいダニども以外にどいつが殺したっていうんだい？　まさか、通ってきてた女郎の国麿への入れ込みが過ぎて、好き者の国麿を自分だけのものにしたいってぇんで、とうとう殺しちまったなんてぇ、野暮なこと言うんじゃねえだろうね」

口をへの字に曲げてから、

「ああ、でも、国麿としっぽりの女郎なら好物がくさやだってことも知ってる。満更あり得ない筋じゃあねえな」

自分の言葉にうん、うんと頷いた。

六

「まずはこの後もう少し詳しく調べさせてください」

そう言って季蔵は開け放たれている押し入れを横目で見て、骸の周囲に散らばっている描き損じの紙を拾い始めた。

描き損じの紙に描かれている女の顔はどれも同じで化粧が濃く髪型も華美であり、くつろげた胸元からは両乳が半分ほど見えていて、わざと裾を乱して足を見せている。顔の表情は目も鼻も口も開き気味で官能そのものだった。

「そいつは通ってきてて仏さんを最初に見つけた女郎の揚羽だよ」

松次が言った。

季蔵は寄せ集めた描き損じを松次に渡すと、気になっていた押し入れの中を調べた。ここにも描き損じと思われる絵が数枚あった。これには男の上半身ばかりが描かれている。どの絵も男の顔は生真面目そのものでやや固く強ばっている。どことなく哀愁を感じさせる印象だった。

揚羽を描いたものと異なっているのは描かれている人物が左に偏っていて、右が空白であることだった。

——不思議な絵だ——

「季蔵さん、こいつは仏さんじゃないかね。自分で自分を描いた絵だよ」

松次が頓狂(とんきょう)な声を上げた。

田端は骸に近づいてじっとその死に顔を見つめた後、

「たしかにそうだ。左目の下の黒子(ほくろ)まで同じだ」

松次に向かって頷いた。

「喜多見国麿は東洲斎写楽(とうしゅうさいしゃらく)みたいに役者も描こうとしてたのかもしんねえな。その手始めに自分を描いてみたんだな、きっと」

松次の言葉に、

「役者絵にしては人物に押し出しが感じられませんね」

季蔵は首を横に振って、

「ご自分を描いたとしか思えません」

と言い切った。

「ともあれ、残されていた描き損じとこの殺しは関わりがなかろう」

断じた田端は、

「下手人は好物のくさやに阿芙蓉を塗り、喜多見国麿に食べさせて殺した挙句、自害を装った。毒死させるだけならそう難しいことではないが、自害を装うとなると手が込んでいる。ということは下手人は国麿のダニたちを見知っていて、そやつらを操ることができたとびきり頭が切れる奴に違いない。そして、もちろん国麿を殺すことに利がある者だ。まずはダニたちを調べろ」

松次に命じた。

季蔵はこの不思議な描き損じを松次に渡す際、一枚だけ片袖に忍ばせた。

この日、一日中季蔵は早朝の検分が頭を離れなかった。特に国麿の上半身が描かれていた描き損じの右の白さが気になってならない。

――どうしてあんな様子で何枚も描き損じているのか？　あれでは描き損じるために描いているようなものではないか？――

使い走りのお喜代からは今朝、海老と鰆が届けられてきていた。

――お奉行からのお役目もある。国麿殺しについて田端様は調べの的を絞ったことだし、これに囚われていてはならない――

季蔵は頭を切り替えることにした。

――海老は好物だった――

季蔵は瑠璃に思いを馳せる時に限って、たいていのことを忘れられる。

早速海老と鰆の小雪ずしを拵えて瑠璃が養生の日々を送っているお涼のところを訪ねることにした。

冬場の海老を小雪ずしにする時の基本は殻と尾を取ってそのまま用いる。小さめだと切らずに尾も付けておいた方が姿がいいが、大きめの海老だとすし飯の大きさに合わせて切り揃える。生の海老にはそこはかとない甘味がある。新鮮ならば生食が一番であった。

とはいえ、食べ方がこの一種ではつまらないので、季蔵は炙り海老を拵えることにした。海老を鮪の中トロの時の要領で軽く炙ってから、黄身酢に浸し、すし飯の大きさに切り揃えてすしだねにする。ちなみに黄身酢とは煎り酒を水で伸ばしたものに葛粉をよく混ぜ、それに卵の黄身を入れ、煮切った味醂と塩を加え、これを裏ごしして適量の酢を合わせたものである。とろりとしているので浸した海老はすぐ小雪ずしのたねになる。

この二種の海老の小雪ずしを重箱に入れて季蔵は南茅場町を目指した。途中雪がちらついてきた。今年の師走はことのほか寒いなと思いながら季蔵の足は瑠璃の元へと急ぐ。

「お師匠さんはお留守です。出稽古なんですよ」

通ってきている十三、四歳の真っ赤な頬の下働きの娘が迎えてくれた。娘の後に尾いてきた虎吉がにゃあと鳴いて挨拶をしてくれた。

〝お出迎えとは珍しいじゃないか？〟

季蔵は虎吉の方を見た。

〝出迎えてなんていないよ。これもご主人様、瑠璃様のため。お涼さんが留守の間は一時も気を抜かないだけのことだよ。もちろん、この娘にだって――〟

人の言葉に替えればそんな感じで、虎吉はやや不興気にまたにゃああと先ほどよりも高く鳴いた。

〝そもそもあんたも留守番くらい手伝っても罰は当たんないだろうがね〟

野良猫だった虎吉は瑠璃の居る庭先に通い続けて飼い猫に昇格した。その理由は揺るぎない、犬にも増しての猫らしくない忠義ゆえだった。虎吉は悪者の企みで瑠璃が毒蛇に襲われそうになった折、我が身を賭して刺客の蛇を嚙み殺したことさえあった。猫は犬のように広い範囲を探すことは不可能だと言われているが、こと瑠璃の想いを察知すると遥か遠くの季蔵を探し当てたこともあった。それで虎吉は錆び猫の雌なのだが虎吉という雄の名がつけられている。

〝世話をかけてすまない、ありがとう〟

知らずと季蔵は虎吉に頭を下げていて、

「いいんですよ、あたしは雇われてる身なんですから」

もちろん勘違いした下働きの娘の頰はさらに赤く染まった。

中に入ると虎吉が瑠璃のいる場所へと誘っていく。瑠璃は趣味の紙花に熱中していた。瑠璃の手は好みの色に染めた紙を用いて、四季折々の花を紡ぐように拵えていく。ちょうど今頃が見どころの白と桃色の山茶花の花が出来上がったばかりで、虎吉はいそいそとその隣に座った。

〝綺麗でしょ、あたしの瑠璃様のお作よ〟

虎吉の言葉が聞こえるようなのはまだ続いている。

「よくできている、綺麗だ」

季蔵は言葉にして褒めた。

――思えばこのように相対して褒めたことなどあったかな？――

季蔵はまた知らずと虎吉の方を見ていた。

〝ったくなあ――、気が利かない、女心がわからないったらない〟

呆れた様子で虎吉はふあーっと欠伸を一つして、じっと季蔵の膝の上を見た。

〝そうだな、これだな〟

重箱の海老小雪ずし二種を瑠璃に勧めなければと思ったが言葉が思いつかない。

――いつもこの手のことはお涼さんがやってくれている――

季蔵が戸惑いながら重箱を包んだ風呂敷の結び目に手を掛けかけた時、

「季蔵さん、おいでになってるんですってね、ごめんなさい、留守をしていて」

お涼が座敷に入ってきた。

「これを」

季蔵は常と変わりなく重箱を包みごとお涼に渡そうとした。

「瑠璃の好物の海老だねの小雪ずしです」

「それは何より。瑠璃さん、季之助さんのお顔が見られて美味しいものがいただけて、よかったわね」

季之助は季蔵が武士だった頃の名であった。今の瑠璃は季之助が料理人の季蔵だという事実や時の流れも受け容れることができない。季之助から季蔵に変わらなければならなかったのは、言うに言われぬ陰惨な経緯があったからである。その挙句、瑠璃の心の中に季蔵は存在していない。平穏で幸せだった頃の季之助のまま永遠に棲み続けているかのようだった。

「今すぐ用意します」

お涼が重箱を受け取ろうとした時、季蔵の片袖から紙が落ちた。隣に座っていた瑠璃が拾った。

――それは――

国麿本人が描かれていて、季蔵が喜多見国麿の押し入れから見つけた際、あまりの不可解さゆえに松次に渡さずにいた一枚だった。

「おや、結構な男前ね。季蔵さん？　違うわね。ちょっと季蔵さんに似ていなくもないけれど、大きくて尖った鼻が季蔵さんじゃない。別の人ね」

国麿の絵がお涼の目に入った。

瑠璃は膝の上にその一枚を載せると虎吉の方を見た。虎吉ができあがったばかりの紅白の山茶花を優しく咥えた。瑠璃に近づいてそっとその紙細工の花を、描かれている国麿の隣に置いた。

七

――おお、これで一幅の絵になった？――

山茶花の紙細工が国麿の絵の背景のように見えなくもない。すると、あろうことか瑠璃が人差指で紙の上に置かれている山茶花を指し、次には自分の顔の鼻筋に当てた。

――瑠璃はこの山茶花は自分だとでも？――

「季蔵さん」

お涼の声がやや震えた。

「これ、瑠璃さんのいつもの――」

心を深く病み始めてからの瑠璃は時折、季蔵の今と関わって知らずと特別な力を発揮することがあった。いわゆる先読みで、見えないはずの先行きが見えたり、全く知らない事件の答を比喩的に推量してしまう――。

「そうですね」

「だとしたら、このままじゃいけない。熱でも出ていないといいけれど。季蔵さん、額に触れてみて――」

そうは言われても季蔵は瑠璃に触れることなどできはしなかった。ずっと以前、幼馴染だった頃や許婚同士だった頃は、草摘みに連れ立った時など、手をつないだこともあったのだが今は身体も手も固まってしまっている。季蔵はお涼のために瑠璃との間を空けて座り直した。

季蔵と瑠璃との間に入ったお涼はきびきびした動作で瑠璃の額に触れると、

「大丈夫、熱は出ていないわ。でも疲れてしまったでしょうから、少しお休みしないとね、瑠璃さん」

瑠璃の肩を抱いて立ち上がらせると二階へと向かう。

季蔵は先に階段を走り上ると押し入れから瑠璃の夜具を取り出して延べた。そこへお涼と瑠璃がそろそろと階段を上ってきた。

「さあ、楽にして」

お涼に帯をくつろげてもらった瑠璃は夜具に身を横たえ、すぐに寝息を立てた。

「やはりいつものがあると疲れるみたいね」

たしかに特殊な力を見せた時の瑠璃は体調を崩しやすかった。

「ありがとうございました」

季蔵は礼を言ってお涼の家を出た。


その夜は客たちが帰った後も季蔵は店にいた。長屋に帰っても寝付けそうにない。そういう時は鍋を洗い直したり、皿小鉢の整理整頓で時をつぶす。そうこうしているうちに朝になってしまうこともあったが、冬の夜は長く当分明けそうになかった。

瑠璃のことはもう案じていない。夕刻、お涼が使いに文を持たせてきた。


早目の昼寝がよかったのでしょうか、瑠璃さんは元気に美味しそうに海老の小雪ずしを召し上がられました。瑠璃さん、昨夜旦那様の持ち帰られたヤリイカの小雪ずしも喜ばれましたが、海老はたいそうお好きなのかあっさりした海老だけのものよりも、独特なコクのある黄身酢の方を多く召し上がられました。どうかご安心ください。そして、詳しいことはわかりませんがご身辺お大事に。これはきっと瑠璃さんの想いでしょうから。

涼

塩梅屋季蔵様

この文をもう一度読み返した季蔵は、

「国磨の隣には自分がいるのだと瑠璃は自分を山茶花に例えて示した。しかし、どうして喜多見国磨の隣に瑠璃が並ぶのだ？　瑠璃はかつて憧れの清原彩香のところに通っていたことがある。彩香のような技量の女絵師になることを夢見ていた。そんな彩香だからこそ、瑠璃はわたしの彩香絡みのお役目を察知したのでは？」

知らずと呟いていた。

すると、

「相変わらずこの手の話はわかりが鈍いねえ」

背後でかん高い声がした。

振り返ると勝手口が開いていて夕刻、文を届けてきた少年が大人びた呆れ顔で立っている。

「あなたでしたか」

季蔵は少しも驚いていない。

「ついでに言わせてもらうと俺に気がつくのも遅いぜ」

相手はかん高い声からくぐもれ声に声を変えるとつるりと顔面を一撫でした。あどけない少年の顔ではなく、季蔵そっくりの地顔が現れた。疾風小僧である。強きを挫き弱きを助ける、盗みは大金を持つ者からしかしないし、盗んだ金品は貧窮している人たちに気前よくばらまいている、あの義賊疾風小僧であった。

「また江戸に来たのですか」

季蔵はやや迷惑そうに念を押した。

――お奉行の匂わせていた助っ人とはこの疾風小僧だったのか。それにしてもわざわざ呼び寄せたとは――

疾風小僧は義賊だが仕事は盗みだけではない。烏谷のような志のある役人たちと互いの諜報力を活かし合っている。結果、疾風小僧は富裕な商人や闇で得た金の在処からそれらを奪って、貧しい人たちに直にばらまいて助ける。一方、烏谷たちのような輩は疾風小僧から得た、盗みには役立たない諜報や醜聞を富裕層や特権層等の見知った相手に洩らして定期的に謝礼を貰い、橋などの普請や修理、飢饉の際の御救小屋等の充実で間接的に民のために役立てていた。

――今回の金江藩と清水川藩の縁組はまさにこれだな――

それもあって疾風小僧はこの江戸だけではなく北は蝦夷地から南は薩摩、琉球まで津々浦々を縄張りにしていて、声が掛かればすぐに駆け付ける段取りになっているようだった。

そもそも季蔵は義賊とはいえ盗みは盗みなので抵抗があるし、たとえ理はあっても烏谷のような処世に全面的な賛意は持てないでいる。

「まあ、俺も仕事だからな」

季蔵の不機嫌に気がついた疾風小僧はやや猫撫で声になった。

――猫とはいえ虎吉の声は暴れ声だ、猫撫で声などではないぞ――

咄嗟にそう思った時、

「そういえばお奉行のところにいるあんたの女の猫は相変わらずだな、威勢がいい」

疾風小僧が見透かしたように言った。

「もう、瑠璃のところへも行ったのですか？」

知らずと季蔵は渋い顔になっていた。

「いつものことだよ。お奉行もあそこを根城にしていることだし、なに、挨拶代わりさ。この形（なり）で使いのガキの顔でお涼さんの文を預かった。それにしても海老の小雪ずしはどっちも美味かったぜ。いや、盗んじゃいねえよ。重箱が開いてて、すしが並んでるもんだからついじっと見ちまってて、お涼さんが〝どう？　一つ〟って言ってくれたんでね」

なぜか疾風小僧はよほど凶悪な者にでも化けない限り、誰にでも受け容れられていた。

「腹が空（す）いてきたな」

疾風小僧も烏谷同様大食いの食通であった。

「海老の小雪ずしはもう売り切れです」

「他にあったら——」

疾風小僧は伏した目を上げて媚びるように季蔵を見た。

「そうですね、すしだねはもうありません」

「言い忘れてた。俺ならあんたのさっきの〝しかし、どうして喜多見国麿の隣に瑠璃が並ぶのだ？〟ってぶつぶつ言ってたのにも答えられるんだけどな」

——何と！——

「だったら答えてください」

憤然とした季蔵は思わず大声を上げた。

「まあまあ、そう急ぐなって。答はここにはねえ。ちょいと離れた場所にある。そこまで一緒に行かねえとわからねえ。夜はまだ深いし俺は腹が空いてる——」

「わかった。何か拵えよう」

押したすし飯はまだ残っていて水で濡らした布巾を被せてあった。季蔵自身の夜食か、朝飯代わりにするつもりであった。

何日か前に鰆が入って、すでに鰆を使ったすしだねにと昆布〆と幽庵漬けに仕込んであった。鰆はそのままではいくら新鮮でも淡泊すぎて旨味が薄いゆえであった。

昆布〆の方は三枚に下ろして塩〆した鰆を、昆布と昆布で挟んで軽く押し、最低一日はそのままにして仕上げる。幽庵漬けは醤油、酒、味醂を等分に合わせ、柚子の輪切りを加えてつくった漬けダレである〝幽庵〟へ鰆を漬け込む。これの汁気を切って焼き上げると幽庵焼きになり、何とも時季の柚子の香りが清々しい。

鰆の昆布〆や鰆の幽庵焼きをすしだねにする場合、二種類ともに季蔵は透明でぺらっと薄い白板昆布を使っている。これは乾燥したままでは使えないので、酢をやや多めにして水と合わせた鍋でぐらっと煮えてくるぐらいで火を止める。水気を拭って冷ましたこれを鰆の昆布〆や幽庵焼きの上に載せて供すると、

「何とも上品なコクと甘さだな。鰆とはとても思えない。素材を超える料理とはこれをいうのだろう。酒が恋しいところだが今日はこれから仕事があるんで止しておく」

疾風小僧はいたく感心して、残っていた押したすし飯は全部消えた。

「ふーっ」

煎茶を啜り終えたところで、

「さて、そろそろ――」

相手は腰を上げた。素早く季蔵も身支度する。

八

降っていた雪はそれほど積もらなかったが凍り付いた地面に足が滑った。

「うー、寒い」

前屈みに歩く疾風小僧は白い息を吐きながら、

「まあ、急ぐことはねえ、ゆっくり行こう」

　ぶら提灯（ちょうちん）を手に、早朝松次に呼ばれて急ぎ両国へと向かう。疾風小僧は曲がった記憶のある四つ角を前の時同様右手に折れた。

「あんたも、もうわかってるだろうけど、今回、お奉行からのお役目と喜多見国麿殺しは関わり合いがある」

　疾風小僧は言い切った。

「やはり――」

　相づちは打ったものの、

　――いつもの瑠璃のあれでは確たる証とは言えない――

「その証を知っているのですね。これから見せてもらえるのですね」

　季蔵は言及した。

「まあな」

　はぐらかすように言って疾風小僧は国麿の家の前で足を止めた。

「さあ、行こうか」

　季蔵の先に立って国麿が死んでいた仕事部屋へと入った。

　すでに骸は番屋に運ばれてここには無い。畳の上の描き損じも開いたままの押し入れの中にあった国麿が描かれている絵も無い。今、仕事部屋を占めているのは線を描いたり、線と線で取り囲んだ裡を彩る際に用いられる、太さの異なる何本もの絵筆、何種類もの顔料が溶かれたもののほぼ固まっている小皿、そして積まれている新しい紙だった。

――ここのどこに結ぶ手掛かりがあるというのか?――

季蔵が疑心暗鬼でいると、

「手伝ってくれよ」

疾風小僧は画材の類いを素早く片付けると、手伝いなど要らないほどの軽快さで畳を上げ始めた。

「役人も国麿を殺して家捜ししただろう奴らも、ありがちな肝心の場所を確かめてねえようだ」

季蔵が手を貸すまでもなく畳は壁に立て掛けられ、床板がはがされた。

何重もの油紙に包まれた筒状のものを土の中から取り出した。

「こいつを見てくれればわかるだろうさ」

季蔵の気は急いたが疾風小僧は丁寧に包みを開いた。一幅の掛け軸が現れた。

疾風小僧は一気に円筒の掛け軸を開いた。

――これは――

頭の中にこびりついていただけあって、ぱっと目に入ったのは国麿の顔と上半身であった。寄り添うように微笑んでいる女は誰だかわからない。背景には紅白の山茶花が咲いている。

――瑠璃ではないが清楚な雰囲気が似ている。それと山茶花。だからいつもの瑠璃のあれが働いたのか――

季蔵は山茶花を背に寄り添いあう男女の絵を凝視した。

――しかし、このような掛け軸は見たことがない――

「そうだよ」

相づちを打った疾風小僧は、

「男と女の絵なんて掛け軸を飾る床の間にふさわしくねえってことになってる。男と女の絵とくりゃあ、春画って他にはねえんだからさ。春画の掛け軸なんて売れっこねえし、国磨も最初(はな)っから売り物にするつもりなんてなかったろうよ。だってこいつは国磨の唯一無二の宝物なんだからな」

感慨深げにため息をついて、

「描かれてる女は清原彩花だよ。俺は彩香の家を覗(のぞ)いたことがあるから知ってる。あんたの瑠璃さん似ながら女丈夫(じょじょうふ)、きりりとしたなかなかの別嬪(べっぴん)年増だ。そしてこの絵の彩香は若い時だが国磨の方は今の年齢(とし)だ。二人のことは調べたぜ。同じ門下にいて国磨は彩香の兄弟子だったとわかった。その頃からずっと国磨は才のある妹弟子に男としての想いを寄せてたんだろう」

と続けた。

「国磨さんは売れっ子絵師になって、絵の肥やしとばかりに放蕩(ほうとう)三昧な日々をおくるようになっても、清々しい花鳥風月を描いて独自の道を進んでいる彩香さんを忘れてはいなかった。そんな国麿さんの元へ舞い込んだのが、彩香さんの守りが固ければ固いほど何とかしたいという、男の性(さが)を露(あら)わにした清水川藩の若様の頼みだったのでしょう。取り巻きのダニ連中の無心のせいで借金苦に苛(さいな)まれていた国麿さんは、この頼みを受ける他はなかったのだと思います。その無念さと彩香さんへの想いをせめて、こうして一幅の掛け軸に封じ込めておきたかったのでしょうね」

　季蔵は何とも切なかった。

「奴は朝な夕なこの掛け軸を隠してある畳の上に座って、清原彩香を想い描いてたんだと思うよ。世間じゃ女たらしの権化みたいに言っている、喜多見国麿にこんな純なところがあったなんて、誰も知らなかっただろうさ」

　疾風小僧は感慨深げに言った。

　二人の間にしばし沈黙の時が流れた。

「いけねえ、いつまでもこうしちゃあいられねえぞ」

　疾風小僧が国麿への思い入れを振り切り、

「そうでした。この先にお役目が見えてきていたのでした」

　季蔵も同調した。

「そうさ、俺もそいつをあんたにわからせたくてここへ来たんだった。清水川藩のろくでなしの若様に頼まれた国麿は、きっと顔をそいつに似せてこれと同じ絵を悔しくも哀(かな)しく描いてる。いやこの際、国麿の胸の裡は考えない。とにかく、国麿の顔が若様とやらになっているはずの掛け軸はある。在処は贈った先の彩香の元だ。こいつは間違えねえところだ」

疾風小僧は手慣れた手つきでくるくると掛け軸を円筒に戻して、

「これはいい絵だ。だから、ま、俺がいただいておくことにする」

懐におさめると、

「肝心のものがあるはずの清原彩香の家をあんたにも見せとかなきゃな」

二人は国磨の家を後にした。

清原彩香の家は本郷にあった。世間での名は国磨の方が売れていて華やかに浮世を渡っていたように見えたが、家で比べると清原彩香の方が勝っている。庭まで広い豪壮な家はもはや屋敷と称するのがふさわしいものであった。

「何でも、上方の大きな絹問屋の女隠居が早くに死んだ孫娘の供養にといたく彩香の花鳥風月画に入れ込んでいて、描いた絵の半分は自分のところへおさめるという条件でここに住まわせているってことだ。その女隠居とやら、こんな屋敷を我が物にしてるくらいなんだから、凄い商い上手に違えねえ、そんな女にも目に入れても痛くなかった孫の死はこれ以上はない急所だったのさ、彩香の描く花鳥風月を見るたびに孫に会えたと思うんだそうだ。そしてこういう絵を描き続けさせるには一切、俗世にまみれさせず、このような草木が多くて鳥も訪れる豊かな庭のある屋敷でたっぷり英気を養いつつ、絵筆を取らせるしかないと考えてのことだそうだ。清原彩香はそうは目立たなくても恰好の支えを得ることができて恵まれている」

疾風小僧は持ち前の情報網による成果を披露した。

「なるほど。しかし、これだけのお屋敷となると、如何に手慣れているあなたでも目的を果たすのはむずかしいのでは？　どこに仕舞われているのか調べるのに時がかかりますよ」

季蔵の言葉に、

「それであんたなんじゃないか？」

すかさず疾風小僧は笑いながら言った。

「実はお奉行と清原彩香は縁を持っている。お奉行は彩香の絵をどうしても欲しいという富裕な商人や大名家、大身のお旗本たちとの間を取り持っている。商いでいうところの持ちつ持たれつだ。それゆえ、さしもの清原彩香もお奉行相手には強面を向けられない。何でも、彩香は使いの者を走らせて塩梅屋の小雪ずしを買って食べたそうだ。その話をお奉行の前でしてしまったのが運の尽き。〝そんなにお好きならば、見知っている塩梅屋の主に頼んで特上の小雪ずしをそちらにお届けしましょうか〟とお奉行は厚意を示した。すると相手は〝それなら家の厨で是非とも作り方を教えてください。絵も料理もものを創るという点では同じです〟なんて返してきた。これにはもちろん俺も〝しめた〟と思ったぜ。彩香の方は本当は届けても、訪れて作り方を教えてほしくもないんで、そんなお愛想を言ったんだろうが、これもまた運の尽きだった。彩香の家を探る絶好の機会をお奉行も俺も見逃すわけなんてない。彩香からの返礼の文を見て俺の血は騒いだ。退屈してたところだっただけに盗っ人魂に火が点いたとはこのことさ」

疾風小僧はうれしそうにからからと笑った。

「それで、わたしに彩香さんに小雪ずしを教えろと？　あなたは？」

季蔵は相手に段取りを促した。

「あんたが彩香と厨にいる間に俺は屋敷内を調べる。あんたに似た季蔵の顔ではなく、ここに通いで雇われている風呂焚きの爺さんと掃除の婆さん夫婦に休んでもらって俺が化ける」

九

これを聞いた烏谷は、

「清原彩香に伝授する小雪ずしは雪景色を想わせる白雪尽くしがよいな。白いたねばかりにするのだ。ヤリイカと鯛、これで行こう」

早速その旨を書き記した文を彩香に届けたところ、〝肝を少しでも口にすると毒死するというフグ。あのフグの小雪ずしを食する夢を実はよく見ます。鯛ではなくフグで作っていただけませんか？　以前から食したことはないものの、フグの姿に似ぬ美しい白い身が気になっていました。薄く薄く造られているあの身が天女の羽衣に見えぬこともありません。せっかくご厚意をいただけるのならあれを是非——。お奉行様なら手に入れることはできましょう？〟という返事が来た。

読んだ烏谷は、

「何という無理難題だ。ようは誰も訪れてなどほしくないのだろう。しかし、清原彩香、侮りがたい頭の良さだ。こうして四方に堀を巡らして、どこからも渡ってこられないようにして、無礼の咎めなど無くこちらから申し出を辞させようとしている」

頭を抱えたが、

「だがわしは退かぬぞ。そもそもフグ食いは御定法に触れる。そのフグ食いを見て見ぬふりで振る舞う店はあるが一人でも毒死した客を出せば、よくても店仕舞だ。もし、フグ屋に知り合いはいても、すしだねにするフグ刺しを調達させることなどできぬ。お上の見て見ぬふりは獲ったフグを、毒抜きの技があるフグ捌きの達人がいるフグ屋から一歩も出さぬことゆえな」

この事情をまた彩香への文に託した。最後の一行に〝この奉行の力を以て御定法に叛けとは何ともご無体なご所望、どうかフグに身の色が似ている鯛で堪えていただきたい〟と書き記した。

すると返し文には、〝鯛の刺身をすし飯の上に載せたものは面白くありません。お教えいただけるなら、新しさのある趣向でお願いします〟と書かれていて、ひとまず烏谷は胸を撫で下ろしたが、次に続く言葉に当惑した。〝小雪ずしの鯛だねにこれぞという技を見せてくれる料理人のお方はさぞかし絵なぞにも通じていることと思います。小雪ずしの伝授の合間に是非とも、絵についてのお話など共にさせていただきたいものですね。これは絵師ならではの想いと思し召しください〟とあった。

これを知らされた季蔵は、

「瑠璃の絵の善し悪しもよくわからなかったわたしには無理です。小雪ずしをお教えしたらすぐに話に詰まってしまいます」

仰天した。

疾風小僧は、

「なら、俺と季蔵さんの役回りを変えよう。実は俺、絵は好きで円山応挙とか尾形光琳なんかの有名どころを集めてるんだよ。だからここは任しといてくれ。小雪ずしだって季蔵さんに仕込んでもらえば何とかなる」

ぽんと胸を叩いてみせた。

円山応挙は応門十哲とも呼ばれる優れた門人を含む〝円山派〟の祖であり、写生を重視した親しみやすい画風を特色とする。先祖が武家とも言われていて富裕な商家に育った尾形光琳の雅やかな画風とは対照的ではあるが、共に大家であることに変わりはなかった。

こうした行きがかりで季蔵は役回りの変更に当惑しつつも独自の鯛のすしだね二種を考え出した。

一種は鯛の漬けである。これには醤油味の漬け汁に卵の黄身を混ぜてコクを出してみた。二種目は炙り鯛のからすみ添えであった。皮付きの鯛の表面をさっと炙って、ボラの卵巣を塩漬けにして天日干しで乾燥させたからすみをごく薄く切って載せる。

季蔵から作り方を教わる疾風小僧は呑み込みがよく、鯛やからすみを扱う手つきもなかなかのものであった。その上、

「からすみってのは唐の墨と書くんだよな。長丸で平たい形が海を渡ってきた〝唐墨〟ってのに似てたんだってね」

などと達者な蘊蓄もたれた。

季蔵の方は下働きに化ける法を疾風小僧に手ほどきされた。

「爺さんの方は風邪にやられて寝込んでるってことになってる。だから化けるのは婆さんだよ。年寄りってえののどこが化けやすいかって、ぱっと見てそれとわかりゃあ、若い綺麗な娘や男前なんかを見るみたいに誰もじろじろ見たりしないことに尽きる。爺さん、婆さんともそれぞれ似通ってるんだ。それに下働きともなりゃあ、被り物をしてるから大袈裟にざーっと化けられる」

そう言われて季蔵は江戸での疾風小僧がねぐらにしている一軒家に連れて行かれた。喜多見国麿の家とそう変わりのない廃屋寸前のところであった。

「何とか使えそうな廃屋を清めて使うのも、なかなかオツなもんだぜ。何より見つからないのがいい」

季蔵はここで下働きの老婆用のツギの当たった木綿の着物を着、帯を締めた上、手ぬぐいを被った。

「ここまでが下地だよ。ここからが本番」

疾風小僧は何やら肌色の粘土のようなものを練って季蔵の唇の端にぎゅっと押しつけた。

「三十数えて鏡で見てみろ」

その通りにすると見事に老婆ならではの皺深く窄まった小さな口に変わっていた。

「あまり話さないように。話すとせっかくの老婆口が駄目になるし、声は偽れないからな」

――なるほど――

感心したとたん、

「次は、これっ」

いきなり思い切り疾風小僧に向こう臑を蹴飛ばされた。季蔵は不覚にも畳の上で転んでしまった。立ち上がろうとすると、

「仕上げはほいっ」

今度は腰へ小僧の蹴飛ばしが入った。手痛く畳の上を転がされている体でもある。

「素人はこれができてないと老婆には見えないんだよ、悪く思うなよ」

このような蹴飛ばしを数回繰り返したところで、

「もう、いいだろう。立ち上がってみてくれ」

相手に許されて季蔵は立ち上がった。腰と向こう臑が目一杯痛む。知らずと腰が伸ばせずに前のめりになり、足を引きずり気味に歩いていた。

「よしっ、もう少し腰を曲げて足は時々、目立つように引きずって。くれぐれもこれを忘れないように」

季蔵の老婆化けはできあがった。


翌朝、季蔵は雇いの老婆として清原彩香の屋敷に入った。寝込んでいることになっている老爺の代わりに庭掃除をした。縁側に出ていた彩香から、

「お重さん、精が出るわね、いつもありがとう」

と礼を言われたが応えず黙って被り物ごと頭を垂れた。

「あら、珍しい、この庭の草木の話はどうしたの？　いつもどんな小さな雑草のことでも見つけたら話してくれたじゃないの？」

さらに彩香に続けられて、咄嗟に片頰を押さえた。

「まあ、歯が痛むのね、ごめんなさいね、そんな時に話しかけたりして」

ここでやっと彩香は立ち去った。

——急がねばならぬな——

気が気ではなくなった季蔵は蔵以外の小屋を軒並み調べることにした。蔵にはすでに、

「とっくに調べたさ。喜多見国麿の畳の下と同じありきたりの隠し場所だからな。当たり前だがありゃしなかった」

疾風小僧が忍び込んで確かめていた。

小屋には錠は掛かっていない。庭道具をしまう道具小屋にそれらしきものは無かった。とんとんと床を叩いて耳を澄ませてみたが、階下に階段がつながっている重い音はしなかった。薪(たきぎ)小屋が気になった。木を割って薪にした後、そのまま庭の一箇所に積んだままにしておく家が多く、薪小屋が珍しく感じられたのである。だがそれも炭俵二つと一緒に保管されているのを見ると、

――冬場は主に炭俵、夏場は雨で湿ってしまっては風呂が焚きにくくなる薪をしまう場所ということか――

あっさりと得心させられてしまった。

残るは勝手口近くの厠(かわや)だけとなった。

――まさか、厠などには――

隠してあろうはずもなかった。

この時、厨の方から疾風小僧の季蔵と彩香の話し声が聞こえてきた。

円山応挙は足のない幽霊の事始めだとか、墨使いの妙で知られた俵屋宗達(たわらやそうたつ)が云々(うんぬん)とか尾形光琳はどうだとかの話であった。

「なかなか話が合いますね」

「本当に、あなたがそんなにくわしいとはうれしいですわ」

「ところで鯛の小雪ずしのお味はいかがでしょう?」

「とっても結構なお味。わたくしは少々お酒をたしなみますので炙り鯛のからすみ載せの

方が好きです」

　などと楽しそうに話している。

　季蔵は知らずと厨近くの縁側に引き寄せられていた。縁側の突き当たりに大きな四角く重々しい扉が見えた。雨戸と同じものが使われている。

――もしや――

　季蔵はその扉を開けた。その向こうも檜(ひのき)が使われている板の扉だった。

――よほど大事なものがしまわれているのだろう――

　開けるとそこには襖(ふすま)が二十枚ほどあった。絵には四季とりどりの花や草が描かれている。桜、紫陽花(あじさい)、朝顔、萩(はぎ)に菊――今は冬なので椿(つばき)、福寿草(ふくじゅそう)、水仙等の冬咲く花の襖はここから運ばれて部屋を華麗に温かく仕切っているはずだった。

――ああ、でも、しかし――

　ただ一枚、冬の花があった。紅白の山茶花であった。彩香が描いたと思われる桜や紫陽花等と異なり、その山茶花は匂い立つような美しさを誇っていた。

――これはまさに天上に咲いた国麿さんと彩香さんの愛の花だ――

　季節はしばし見惚(みほ)れた。

　まだ厨の笑い声は続いている。季蔵はそっとその襖を抱えて裏門へと向かった。

　山茶花の襖絵を目にした疾風小僧は、

「これは床下に隠してあった絵の山茶花と筆致が同じだ。国麿の絵の中でも一、二を競う素晴らしい出来だと思う。何しろ彩香への想いが詰まっているのだからな。だがこれを清水川藩に渡して何になる？　せっかくの傑作が焼かれて仕舞いか、金江藩の悋気姫が見たがって見せてもやはり焼かれて八つ裂きになるだけだろう。惜しい、惜しすぎる。一計図ろう」

その本物を我が手に収めるとその翌日には偽物を作らせていた。

こうしてこの偽物が本物と偽られて烏谷から清水川藩へと渡された。絵はどんな経路を辿っても焼き捨てられたに違いないが、無事三男竜之助は伽耶姫の元へと婿入りした。身の危険を感じた清原彩香は烏谷の伝手で京へと逃げて小さな庵の主となり、喜多見国麿の冥福を祈りつつ、花鳥風月を描き続けているという。

そんな彩香から季蔵に宛てて文が届いた。以下のようにあった。

おそらくこれを受け取る方が塩梅屋季蔵さんなのだとわたくしは思っております。お話は大変面白かったのですがあの日、厨で小雪ずしを作ってくださったのはあなたではありません。塩梅屋でもとめた小雪ずしと微妙にお味が違っていましたから。あなたのお味の方がやや濃いめでわたくし好みでした。

あなたの相棒は当て推量ですが疾風小僧さんではないかと思います。山茶花を失くしたのは残念でしたが、代わりに疾風小僧さんの名で国麿さんがあたしと一緒のところを描いてくれた絵が届きました。どんなにうれしく涙したことか――。

それとあの日、あなたは掃除に通ってくるお重婆さんに成りすましていたのではないですか？　あれほど上手く隠したつもりの国麿さんの山茶花が失くなったのですから何があってもおかしくはないのです。

当初は盗っ人を恨みました。あの山茶花の画は国麿さんの形見のように思えていたからです。でも、あれを手放さないでいたらわたくしの命はなかったはずです。そして今では疾風小僧様の温かい心遣いと共に、我が身を守っていただいたお二人に感謝しています。そしてこれは望みすぎにも思えますが、国麿兄さん、あたしの愛しい国麿さんを手にかけた下手人に天罰あれと切に願わずにはいられません。

彩香

塩梅屋季蔵さま

第二話　師走おせち

一

その朝は牡蠣が驚くほど沢山届けられた。生牡蠣で供し、土手鍋等の料理に用いるだけでは使いきれない。

牡蠣は小雪ずしのたねには向いていない。それで、この日季蔵はこちらの方は幽庵漬けにしてある鰆と白味噌に漬けてある銀毛ヤマメとも言われているサクラマスをすしだねにすることにした。できるだけ生か塩〆、酢〆、昆布〆のたねを使うことにしていたが、このように揃わない日もあるのだ。

越中富山名産の鱒ずしに使われるサクラマスは川で産まれた後、海に下って産卵時に再び川を上るが、川に残ったままのものもいて、それらはヤマメと呼ばれる。サクラマスは大きいがヤマメは小さい。海に下ってからも体色は銀色のままなので銀毛ヤマメとも呼ばれる。だが繁殖期になると桃色（桜色）がかった婚姻色が現れる。これがサクラマスの名の謂われだとも言われている。

味は鮭や鱒の中で最も美味である。上品な脂と濃厚な甘みが特徴で、刺身に造った時も旨味が強く醤油をつけずとも堪能できる。すしだねには最適であった。酢〆は言うに及ばず、白味噌に漬けて炙ってすしだねにしてもふっくらと優しく上品な逸品となる。

季蔵はこの日の小雪ずしのたねを決めた後、多量に入手できた牡蠣をどうするか、頭を巡らせた。夕刻からの客たちへの肴に工夫しても相当量が余る。

——そういえばこんな時、余った牡蠣をどう活かせばいいかをとっつぁんが書き残していたな——

季蔵は離れへと走り、先代長次郎の料理を主とした日記帳を探した。ほとんど毎日欠かさず書かれていた何冊もの日記帳の山の中から、たぶんこの辺りと見当をつけて二、三冊引き抜く。長次郎の死後、塩梅屋の後を継いだ季蔵は厖大な長次郎の日記を相当熱心に読み込んでいた。それであれはだいたいこの辺りだったと見当がつくのであった。

長次郎のその日記には牡蠣について以下のようにあった。

珍しく大量の牡蠣を仕入れる。殻を外した生の身に酢か、今なら橙、柚子なんぞをかけてぽいぽいと豪快に口に放り込むのが最も美味と思う。だがそれでもまだ牡蠣はある。そこで思いついたのが酒の肴や飯の菜になる牡蠣の煮物だ。煮物と言っても醤油や味醂、出汁で煮る佃煮味のものではない。一つ油煮を考案してみた。これにはまず広口で蓋付きのギヤマンの瓶が要る。急ぎ馴染みの瀬戸物屋へ行ったところ、何とか手に入れることができた。一瓶では入りきらないかもしれないので、念のためにと三瓶ほどもとめた。

幸い離れの納戸にはこの瓶が残っていた。季蔵はこれらを使うことにし、よく洗って乾かした。長次郎の書き置いたやり方で牡蠣の油煮を拵えていく。

殻から外した牡蠣の身は片栗粉で軽くもんで、水を二、三回替えて優しく洗う。この時、洗いが足りていないと、新鮮な生を食する時は気にならない独特の風味が臭みになって残るので注意する。洗い終えた牡蠣は布巾か紙で水気を丁寧に拭き取る。これが充分でないと油で煮る時に油が跳ねて危ない。

鍋に牡蠣、塩、胡椒、にんにく、マンネンロウ（ローズマリー）を入れて菜種油を被るくらいまで入れて火にかける。ちなみにマンネンロウは去年、良効堂の薬草園から塩梅屋の裏手に挿し木したところ、根付き、今では常緑の葉が独特の香気を放っていた。

四半刻弱（約二十分）煮る。蓋はしない。あまり火に近づけない。火に近づけすぎると揚げ物になってしまい表面が固くなる。

冷めるまで置き、潰れないようにそっと瓶に菜種油ごと詰める。鍋の下にたまった牡蠣から出た水分は腐りやすいので入れない。冷暗所で七日から十日は日持ちがする。

出来上がった牡蠣の油煮を季蔵と三吉は一緒に試食することになった。

「遠慮しとくよ。牡蠣って苦っぽい臭みあるよね、おいらあれ苦手なんだ。だからあんまり牡蠣好きじゃない」

　尻込みする三吉に、

「まあ、そう言わずに食べてみろ」

　季蔵は箸を押しつけた。

「それじゃあ、一つだけ」

　恐る恐る瓶から箸で牡蠣を一粒小皿に取って口に運んだ三吉は、

「わっ、何これっ、ちっとも臭みがないっ。牡蠣ってこんなに美味いもんだったんだね」

　現金にももう一粒瓶から取った。

「油で牡蠣を煮ると臭みがなくなって旨味だけになるんだ。牡蠣通は臭みも含めて牡蠣の風味だという。牡蠣は好き嫌いが分かれる。それほど牡蠣好きでない人たちも大勢いる。おまえもそうだろう？　三吉。そんな人たちでもこの牡蠣の油煮なら抵抗なく食べられる。わたしは精のつく牡蠣を沢山の人に食べてもらいたいのだ」

「それだったら、醬油か味噌の味がついてると無敵なんだけどな」

　江戸っ子は特に醬油味が好きであった。

「そうか——」

　季蔵はしばし思案した後、

「よしっ、あれも拵えてみよう」

　まだ余っている牡蠣の殻を剝き始め、三吉も手伝った。次には、

「納戸から胡麻油を持ってきてくれ」

三吉に言いつけた。

季蔵は胡麻と醬油風味のある油煮を拵えるつもりであった。

手順は先の油煮と全く同じであったが菜種油の代わりに胡麻油を使い、塩やにんにく、マンネンロウではなく、厨に常備されている唐辛子と大徳寺納豆を味付けにしようと決めている。

ちなみに大徳寺納豆は先代からつきあいのある光徳寺の安徳和尚が今年も暮れの挨拶として贈ってくれたばかりの手作り品である。この納豆は毎日のように食膳に上る粘り気があって糸を引く納豆とは異なり、塩味の強い古来の製法に則って製造されたものである。塩梅屋ではスルメさえない時の咄嗟の酒肴に用いてきたものの、調理にはあまり使ったことがなかった。

「これが作られた頃は味噌も醬油も無かったので、これが味噌や醬油代わりだったと聞いていますよ」

牡蠣を使った胡麻と醬油風味のある油煮を思いついた時、季蔵の頭に浮かんだのは安徳のこの言葉だった。

牡蠣を油煮にする時、醬油は使わない。仮に使ったとしても醬油は油とよく馴染まない。瓶に入れて保存する時に入れて混ぜても油と分かれてしまい、やはり醬油味はつきにくく、その上この醬油には牡蠣の水気も加わって腐りやすくなる。

となると牡蠣の油煮に醤油味を加味できるのは味噌や醤(ひしお)に似た風味の大徳寺納豆ということになる。

ついては安徳が、

「そもそもずっと昔、中国に渡航した僧が持ち帰って伝えた豆豉(トウチー)が今の味噌や醤油の元だそうですよ。風味は味噌や醤に近く、塩以外の貴重な調味料として使われたとか。これをやや大粒に模したのが大徳寺納豆です」

と話してくれたこともあった。

季蔵は油煮の牡蠣と胡麻油、味噌とも醤油ともつかない風味の大徳寺納豆の粒を鍋でじっくりと火を通して仕上げた。これを冷まして瓶に入れる前に味見を三吉にさせた。

「いい具合に大徳寺納豆が牡蠣に染みてる。牡蠣って、胡麻油にも負けない強い旨味があって凄(すご)いっ。それとね、おいらが興味持ってんのは――」

三吉は菜箸で瓶の中の胡麻油の染みている大徳寺を一つ摘(つ)まんで口に入れると、

「もうこれ、大徳寺納豆じゃない、かといって揚げあられでもないし、うーん、ご飯がもりもり食べられそうな菜かな。飲んべえのおっとうだったら夜中に酒屋を叩(たた)き起こしてまで酒飲みたくなる肴ってとこ？　ううっ、たまんねえなあ」

わざと父親の真似(まね)をして唸(うな)ってみせた。

「絶対、牡蠣の油煮だけじゃなしにこの珍味、料理の先付けにいいよ。牡蠣の胡麻油煮、大徳寺納豆添えっていうのはどうかな？」

「なるほど」

三吉の勧めもあって季蔵はこれをその日の品書きに加えることにした。

夜訪れる客たちに供したところ、大好評で、

「また、作って食べさせてくれなんて言わないよ、いつも切らさないで置いといてほしいな。特にあんなに大徳寺納豆なんてもんが美味いとは思わなかったよ」

「日持ちがするっていうじゃないか。できればうちに持ち帰ってまた食べたいね。瓶ごと売っちゃあくれねえもんかな」

「師走のこんな時にとびきり美味い牡蠣と大徳寺納豆だったよ。師走は掛け取りも追い回される方も青息吐息。夜逃げなんてこと考えてる奴もいるんじゃねえか？　そんな真っ暗闇の中にいる奴らにも、一時灯りが見えるようなこの旨味、味わわせてやりてえな」

等々であったが、特に自分だけではなく市中の皆を思いやる一言にはじんときて、

「すみません、牡蠣はいつもこれほど獲れるわけではないので、お約束はできかねます。ですが牡蠣が多く入った時には必ず拵えさせていただきます」

季蔵は複雑な気持ちに陥った。

――小雪ずしはすしにしては安いのと新鮮なたねの美味さが売りだが、もっと安くて飽きない菜を作って手軽に食べてもらうことはできないものか？――

しばらく考えあぐねていて閃いたのが、「師走おせち」だった。

――大晦日から正月にかけて家々で食べるおせちではなく、忙しい人たちや暮らしが厳

しい人たちが食べる、師走ならではの格安のお菜。煮売屋よりも美味くて滋養のあるもの。
そうだ、煮売屋のように菜別にばらばらではなく、五品ぐらいをまとめて供そう――
よしっと手を打ち合わせた季蔵は思いついた今の時季の菜を紙に記した。

二

小鯵の焼き漬け
烏賊の切りこみ
鯖の水煮
はりはり漬け
牛蒡の昆布巻き
小雪青物
あったかことこと煮込み

――まずはあったかことこと煮込みから拵えてみよう――

季蔵は三吉を損料屋に走らせて、特大の鍋とそれに見合った大きな七輪を借りてこさせた。これに鶏ガラ汁を用いたいと季蔵が洩らすと、鳥屋の主にも可愛がられている三吉は、

「合点承知」

特大鍋と大きな七輪を背負い鶏ガラを手にして誇らしげに戻ってきた。

「包丁で身は余すところなくこそげ取られてるのが鳥屋の鶏ガラなんで、余り肉を漁る物乞いも振り向かないんだって、だから毎日でもくれるってさ」

「それは有難い」

たしかに肉が多少多めに残っている鶏ガラの方がいい出汁が出るのだが、この際贅沢は言っていられない。材料が安ければ安いほど売値を下げられる。それに骨ばかりとはいえうっすらと肉はまだついていて、たっぷりの水を入れた特大鍋で臭み取りの青葱と一緒に煮てみると、脂が少なめのさらりとした旨味の鶏ガラ出汁になった。肉が沢山付いた鶏ガラでとった鶏ガラ出汁はぎらぎらと脂が強すぎて、濾して過剰な脂分を除かなければならないが、これならその手間もなくて助かる。昆布と鰹の出汁、醤油、味醂、酒を加えて煮る。

次に季蔵はタコに取りかかった。一本ずつ切り離した足を沸騰した湯で三百ほど数える間、茹でると湯が赤っぽく濁る。笊に取り粗熱がとれたら竹串に刺す。下茹でしておくと鶏ガラ出汁が濁らない。

さらにここへ厚めの輪切りにした大根、一枚を三角に四等分したこんにゃく、厚揚げ、加えてちくわやさつま揚げ等を入れる。これらの海鮮加工品は、今後しばらく漁師の女房たちが商っている店から安く仕入れることになった。人気のゆで卵にする卵の方は鳥屋の親戚が鶏を飼っていて直に売ってくれる。

こうしてあったかことこと煮込みが日々、昼少し前から八ツ時（午後二時頃）ぐらいまで、塩梅屋の暖簾の下で振る舞われることとなった。

これは寒くて疲れていてとにかく何か温かいものを口にしたい人たち用のもので、ふうふうと吹きながら食べて、

「ようやく温まった、もう一働きしてくっか」

という具合であった。

店の中には炊きたての飯の他に、以下のような冷えても美味しい菜にも肴にもなる師走おせちが並んでいる。

まずは小鯵の焼き漬け。エラとワタを取り除くものの、ゼイゴは取らずにこんがりと素焼きした鯵を三杯酢を張った平たくそこそこ深さのある大皿に三日ほど漬けておく。三杯酢は常に小鯵に被るようにする。ゼイゴも骨も食べられるようになると食べ頃。これは七日以上日持ちがする。

二番目は烏賊の切りこみ。皮を剝いたスルメイカのワタを足ごと引き出し、足とワタを切り離す。ワタは洗って水気をふく。墨袋や口、目は取り除く。ワタに塩をまぶす。胴の軟甲を取り除く。足は洗いながら吸盤をこそげとる。胴と足、ワタを皿に並べて水が切れるように布巾を一晩かけておく。胴を二寸弱（五センチ）の輪切りに、足も同様に切る。ワタの中身をしごき出し、塩とよく混ぜ合わせ、切り揃えてある胴体も加えて全体を混ぜ合わせる。蓋付きの容れ物に入れて冷暗所に一晩おく。翌日から食べられないこともないが三日ぐらい経って熟成された頃が食べ頃。やはり七日は保つ。

三番目は鯖の水煮。ワタを抜いた鯖を骨ごと二寸弱幅に輪切りにして沸騰直前の湯にさっと通す。表面が白くなったら冷水に取り、水の中で血合いやぬめりを取り除く。鍋に鯖と鯖が完全に浸る量の水を入れ、途中水が減ったら足しつつ一刻（約二時間）ほど煮る。冷めたら汁ごと蓋つきの瓶に保存する。七日は保つ。

この三種は魚介であるが以下の三種は日持ちのする青物使いの菜にして肴であった。

最も保つのは、はりはり漬けである。これは十五日も保つ、しかも拵え方もいたって簡単であった。切り干し大根は水に浸けて柔らかくなるまで戻し、水気を絞る。酢、砂糖、醬油、水でタレを拵える。戻した切り干しと千切り生姜、三寸強（十センチ）の細切りにした昆布、種を除いて輪切りにした赤唐辛子をこのタレと混ぜ合わせる。二日経てば食べられる。

次の牛蒡の昆布巻きは多少手間がかかる。昆布は濡れ布巾でさっと拭き、かんぴょうと一緒にたっぷりの水に浸して戻す。戻し汁はとっておく。牛蒡は縦半分にし、昆布の幅に合わせて切り、水にさらす。牛蒡を芯にして昆布を巻き、かんぴょうで結ぶ。煮ると昆布が膨らむのでかんぴょうは強く結びすぎない。鍋にならべて、昆布の戻し汁と水をかぶるくらいに入れ、酢、酒を加えて落とし蓋をして半刻（約一時間）煮る。砂糖、味醂、醬油を加えてさらに四半刻（約三十分）ほど火にかけて煮詰める。これも保存は七日以上である。

小雪青物は蕪、蓮根の白い青物で拵える。蕪は葉を落として櫛形に切る。蓮根は皮を剝いてやや厚切りにする。それぞれ水気を切る。酢、水、砂糖、塩、粒胡椒でタレを作り、ギヤマンの蓋付きの瓶に蕪と蓮根を詰め、これらが被るまでタレを注ぎ、蓋をする。蓋をしてから三日後ぐらいからおいしく食べられる。冷暗所で一月は保つ。

「たしかにこういうのなら、どれもそう高くなくて手に入るから続けられるし、お客さんたちは当てにして食べに来る。なんなら持ち帰って貰ってもいいわよね」

試食作りを手伝ってくれた元看板娘で今は南町奉行所同心伊沢蔵之進の妻おき玖は早速、持参した重箱にこれらの菜にして肴を詰め始めた。

「小鰺の焼き漬け、烏賊の切りこみ、鯖の水煮、牛蒡の昆布巻き、はりはり漬け、どれも飽きない美味しさなんだけど、色がさみしいでしょ。そこに小雪青物の白さが冬の華を添えてるって感じね。重箱に詰めててよくわかったわ。これでこれらの格が上がるってもんよ」

などと評した。

この試みは小雪ずしを凌ぐ人気となり、夕方からのお客には、これにその日の小雪ずしを添えてのもてなししかできなくなった。

その日、季蔵は身構える想いで三人を迎え入れた。三人というのは履物屋の隠居の喜平、大工の辰吉、指物師の勝二である。三人は先代からの馴染みの客であり、どんな時でも律儀すぎるほどに通ってきてくれている。

「すみませんね、あまり代わり映えがしませんで」

このところ二度続けてこの献立を肴にしてもらっていた。

「いいってことよ、こんだけ不景気なんだから仕様がないじゃないか。それに、このところの菜はてらいがなくていい」

喜平が朗らかに笑い飛ばした。

「そもそもあんたは食い気よりも色気なんでしょうが」

辰吉が茶化した。

喜平も辰吉もかつては女の趣味のことで喧嘩が絶えなかった。辰吉の恋女房のふくよかなおちえを喜平が縕袍と称したり、年甲斐もなく美形に目がない喜平を助平だと辰吉が罵り、それに端を発して殴り合い寸前にまでなったものであった。今では二人のこの手のやり取りは掛け合いじみた挨拶にすぎない。

「ちょっと物足りなくなりましたよ。わたしも含めて皆さんも年齢なんですよね」

勝二は季蔵の方を見て微笑んだ。以前、そんな二人の仲裁役は決まって年若い勝二だったからである。

「ああ、いけない、こんなご時世にしめっぽい話なんてしちまって——」

気の細かな勝二は慌てて話を変えた。

「それはそうと喜多見国麿はどうしてあんな死に方をしたんでしょうね」

国麿が毒死だった事実は奉行所役人の誰かの口から瓦版屋へ流れ、もはや市中に知れ渡っている。ただし殺されたことは堅く伏せられていた。

「何でも阿芙蓉にやられたっていうじゃないか？」

楽隠居の喜平の退屈凌ぎは道行く女の観察の他には、嫁に買いにやらせる瓦版なのである。

「絵描きってえのはこちとら大工と違って始終同じもんを造ってるわけじゃねえんだと思う。そこが辛えのよな。閃きが出てこないとおまんまの食い上げだから、焦りに焦って、何としてでもこいつだってえもんが湧いてきてほしいって思い詰めて、津軽の神様に手え出しちまうんじゃないかな」

修繕を頼まれてあれこれ想い描くことのある辰吉は国磨は自害したものだと思っているようだった。

「そうでしょうか？　長い苦労が実って、ここへ来て押しも押されもせぬ人気絵師になったって聞きましたよ」

勝二は首を傾げ、

「それにあれだけいい男だった。仕事柄もあって女にはモテすぎるほどモテただろうしな」

喜平は年甲斐もなく国磨を羨むだらりとした表情になった。

三

「モテる男が自分から死ぬもんかね」

喜平は懐疑的である。

「その証拠に実は助平なだけのあんたは生きてるもんな」

辰吉は揶揄(やゆ)したが、

「まあ、確かにそうだ。しかし、死んで花実は咲かないからねえ」

喜平は受け流した。

「それはそうと皆さん、今日のことこと煮込みは何にしますか？」

季蔵は料理の振る舞いに入った。酒がつけられる。日々大好評のあったかことこと煮込みは昼にはもう売り切れてしまって、夜の分はやや小さめの鍋で大鍋に残った汁に新しくとった鶏ガラ汁を加えている。そしてまた、翌朝の大鍋にも夜残った汁を足す。こうしてあったかことこと煮込みの具はよりいっそう旨味のある出汁で煮られている。

「わしは大根とタコを頼む。出汁の旨味をたっぷり吸った大根はたまらないよ。タコはもともと好物だし、これほど柔らかだと食いちぎれるからうれしい」

まずは喜平が頼んだ。

次には、

「俺はちくわとさつま揚げ、こんにゃくがいい。こいつらは全部、女房のおちえの好物なんだがいつのまにか俺も目がなくなっちまったよ」

辰吉が言い、

「わたしはゆで卵と厚揚げ、ちくわ、さつま揚げを。この辺りは子どものの好きなものでしよ？　精がつきそうですからね。まだまだ女房子どものために働かないと」

最後は勝二だった。

「師走おせちを並べさせていただきます。お好きなのをおっしゃってください」

季蔵は作り置いてある小鰺の焼き漬け以下の六品を喜平たちの前に並べた。

「今度は逆回りと行こう」

喜平が言い出して勝二から選ぶことになった。

「それではお先に。酒はこのくらいにして、はりはり漬けと牛蒡の昆布巻きでご飯をいただきます」

と勝二は真顔で頼み、辰吉は、

「俺は烏賊の切りこみがえれえ気に入った。これと小鰺の焼き漬けで今少しばかり酒を飲む。飯は要らねえ。おちえが作って待っててくれるから」

などと臆面もなくのろけ、

「わしは鯖の水煮に大根おろしをかけてくれ。飯はほんの一口だけ。嫁は待っていてはくれないが食べ過ぎて加減を悪くして、嫁や医者の世話にはなりたくない。女の柔肌を想わせる小雪青物はもちろん食べる。年寄りだってせめて心ぐらいは色気がないとな」

喜平はニヤリとした。

――何だかお三人ともお酒や菜、肴を控えている――

季蔵が不思議に思っていると、

「ここのところ、薬も医者の薬礼（診療費）も上がってますからね」

勝二の言葉に、

「そうそう、馬鹿食いが過ぎて年寄りが腹でも下したら笑い者になる」

喜平は真剣な顔で相づちを打ち、

「ったく、世知辛い世の中になったもんさね。けど、お上は何をしてるのやらなあんてぼやいてたって仕様がねえもんな。自分の身や家族は自分で守らねえと」

辰吉は言い切った。

それからしばらくして、長崎屋五平が塩梅屋を訪れた。大きな商いの廻船問屋である長崎屋の主五平が夜、季蔵のところを訪れるようなことは滅多にない。夜は同業者や関わりのある商人たちとの宴席が多いせいである。季蔵と五平の出会いは親から勘当されて松風亭玉輔という名で噺家をしていた頃のことであった。この時、五平の父親が何者かに惨殺されるという事件が起きた。季蔵は持ち前の捕り物力から五平の父親を殺した下手人を探し当てた。その縁もあって友人として長いつきあいを続けてきている。ちなみに元娘義太夫だった五平の恋女房おちずとの仲を取り持ったのも季蔵とその手が拵えた料理だった。

「師走おせち」にはじめて箸をつけた五平は、

「あったかことこと煮込みの肝は煮汁でしょう？　これは相当苦労なさったはず。この他に銀杏の串刺しとか、半平なんかを入れても美味しいと思います。これによく似たものが上方にあるんですが、それに負けない味の深さで感心しました」

とまず、あったかことこと煮込みの出汁を啜ってから、菜兼肴へと箸を進めた。

「小鯵の焼き漬けは頭ごと食べてしまわないとこの醍醐味が味わえない。冬場の烏賊の切りこみがこれほど美味いのなら、手間暇が死ぬほどかかる本格的な鰹の塩辛など夏場だけでいい気がする。鯖の水煮は不思議と上品におさまっていてとても本家の鯖が下魚の仲間だとは思えません。はりはり漬けはむしょうに湯漬け飯が食いたくなる。牛蒡の昆布巻きは八ツ時の茶請けにしたい。小雪青物にはたしかに小雪降る中を歩く典雅な美人の顔がちらつく。どれもとても結構なお味です」

などと一品一品丁寧に味わいながら元噺家らしい感性で評した。

「お言葉、ありがとうございます」

季蔵は頭を垂れて、

「それで？」

先を促した。

烏谷からの密命とは異なるものの、五平の訪れはたいていが頼み事や相談であった。

「実は近く、あまり気の進まない催しながら仕事で付き合わなければならぬものがあるんです」

五平は話を切り出した。

「どんな催しです？」

「金小町選びですよ」

「小町というからには美人選びですか？」

「ええ」

「華やかな催しですね」

「正式な催し名は〝大江戸一番小町選び〟というのです。流行風邪禍の後の市中は不景気風しか吹いていないので、ぱーっと人々の心が浮き立つ催しをということなのでしょう。言い出したのは幕閣の方々ともお親しい本両替屋の富沢屋力右衛門さんです。これを冬の花火と見做して市中の活気をさらに盛り上げようという試みだそうです。師走はとかく世知辛くなるので明るい催しも必要だというわけです」

「一応の理屈は通っていますね、選びというからには賞金が出るのでしょう？」

「一等は金五十両を賜って、有名な絵師の手で何枚もの絵姿が描かれるのです」

「花魁とか、茶屋娘、芸者等の綺麗どころが殺到しそうですね」

「ところがその手の女は出る資格がありません。楊枝屋等の看板娘も出られません。ひたすら素人で若い娘に限られます。まあ、生娘ってことが条件です」

「となると将来はとびきりの玉の輿も夢ではないと――」

「そうでしょうね。なので年頃の娘を持つ親たちの方が大騒ぎしているのだそうです。ちょっと綺麗な娘同士が習い事の帰りに言い合いをしたり、そんな娘たちを持つ親同士が娘を連れての買い物や湯屋等で摑み合いになったり――何とも浅はかなことがあちこちで起きています。というのは日本橋、両国等市中の地域を分けて競わせた挙げ句、勝ち残った一人だけが晴れて決戦に出ることができるようになっているからです」

「なるほど」

「わたしは決して美人嫌いであるわけもないんですが、ここまでになると、これは本当に人々を和ませる灯(あか)りになるのか？　と思っています。美人競べというわかりやすい仕掛けで、競争心ばかり駆り立てているのではないかと気になります。季蔵さんはどう思いますか？」

「有り体に言うとそんな余裕の金子(きんす)があるのなら、市中の人全員のお腹(なか)を少しでも温かくしてさしあげたいです。ああ、でもこんなことをわたしが言うと、食べ物と関わって何か魂胆があるように思われかねませんね」

季蔵は深いため息をついた。

「話を元に戻しますとわたしはこの催しに付き合わなければなりません。船が沈没した時など支えを頼ることになる富裕中の富裕の方々からのお誘いだからです。あの方々は金子ではなく、廻船問屋らしい逸品で催しを盛り上げてほしいとおっしゃっているのです。具体的には審査を務める皆様に気の利いた食べ物を調えるようにとのことでした。何度も念を押しましたがそれは高ければいいのではなく、とにかく時節に合っていて気が利いていなければ駄目なのだということでした。当日は特別なご招待で南北のお奉行様はもちろんのこと、御老中様方、公方(くぼう)様の代理のお方までおいでになるとのことです。しかし、そんな風に半ば脅されても見当がつきません。やはり金子がいいのかと思ったり——。それとこれはあの方々にとっては新参者のわたしへの無理難題、当てつけでしょうか？」

　五平はかなり思い詰めていた。

「それならそれで当てつけかもしれないその無理難題に挑み返してやればいいのです」

　季蔵は言い切って先を続けた。

「とにかく、長崎屋さんが持ち帰った荷のうち、食べ物に限り、難があって取引されていないものの一覧を見せてください。わたしに考えがあります」

　——これはたしかに長崎屋さんへの罠とも考えられる——

　この日、五平がいつもののどかさで創作噺を披露することは無かった。

四

　翌日五平が季蔵に届けてきた一覧のうち、季蔵が惹かれたのは以下だった。以下のものを使いたいと文を書き送ると早速使いの者が届けてきた。

・紅花いんげん豆大袋五つ　長崎経由にて大阪の雑穀屋が入手。毒があるやもしれず、買い手なく土産にとくれたもの。

・餅三十枚　これは土産にと貰い受けたがこれから市中では餅つきが盛んになるので、売りようがない。

・紀州みかん五十箱　船揺れが酷く積み荷が崩れて中のみかんが傷んでしまった。この中で唯一叩けば売れる物である。

季蔵は紅花いんげん豆と傷んだみかんについての記載が長次郎の日記にあったことを思い出した。その箇所を開くと以下のようにあった。

> 良効堂さんの薬草園から貰い受ける。花も綺麗だが深みのある紫色の美しい豆である。紫花豆(むらさきはなまめ)とも言われる。白花いんげん豆同様、吐き気、下痢(げり)、腹痛を起こさないためにはよく煮て用いること。砂糖と塩一つまみ、醤油で煮上げてみた。大きな豆なのでふっくらと柔らかく仕上げるのは手間暇とコツが要る。しかしその甲斐はあって一粒でも贅沢な箸休めや茶請けになる。

紫花豆の煮方についても詳しく書かれていた。それに添って季蔵は紅花いんげん豆を煮ることにした。

> 豆は洗って、ふっくら戻るまでたっぷりの水に二日ほど浸ける。途中何度か水を替える。そのまま火にかけて沸騰したらゆでこぼす。豆が被るくらいに水を加える。ざーっと水を入れると豆が踊ってしまうので注意する。そっと注ぐ。
> 再び火にかけ四半刻ゆでる。常に水が被っているよう、水が減ったら足す。再び湯を捨

てて水を入れ替えてゆでる。豆に串を刺してすーっと通るまで煮て、火から下ろして静かに湯を切る。

砂糖を加えて鍋を動かしながら豆全体に絡める。塩と醤油も加え、再び四半刻煮詰める。煮汁が少なくなったら火から下ろし、冷まして味を含ませる。冷暗所で七日は保存できる。

甘い煮汁が染みた柔らかな食味で食べ応えもあり、居合わせていて試食したおき玖は、

「紅花いんげん豆煮なんて名前つけないでね。見て綺麗、食べても美味しい。そう、紫花豆の甘煮っていうのはどう？　ぴったりじゃない？」

と言い季蔵と三吉は頷いてしまった。

傷んだみかんの使い途について長次郎は以下のように書いていた。

　青物屋から傷んでしまったというみかんを貰い受けた。皮に青カビが生えているものもある。だが萎びてはいないし中も腐っていない。これは運ばれる途中、木箱が崩れて何かに強くぶつかり、皮に傷ができて傷んだものだと思われた。江戸の陽気では作れない貴重なみかんである。そこで皮を剥きみかんの柔らか飴なるものを拵えてみた。これはいつだったか訪れた紀州の庄屋さんから聞いたみかん菓子である。材料がみかんと砂糖だけというのも手軽でいい。拵え方を記しておく。

「これお菓子だよね。どんなものになるのかしらん？　おいらとっても楽しみ」

菓子好きの三吉は興味津々で、みかんの柔らか飴作りには平たく薄い缶が必要になるとわかると、

「嘉月屋さんのところへ行って借りてくるよ」

走って出て行った。

季蔵は戻ってきた三吉と一緒にみかんの柔らか飴を拵え始めた。

みかんは房に分けて当たり鉢に入れ熱湯をかけて笊に上げる。こうすると筋がとりやすくなる。この薄皮を纏った状態のみかんを当たり棒で当たってどろどろにする。鍋に入れ、砂糖を加えて半刻ほど煮る。アクは随時取り除く。煮詰まってきたら底にくっつかないように木べらで手早くかき混ぜながら煮詰める。

木べらが重くなり、水飴のような粘りが出てきたら火から下ろし、菜種油を引いた飴専用の四角い缶に流し込む。木べらで形を整えて冷暗所に置いて固める。

固まったら好みの大きさに切って砂糖をまぶし、紙に包んで両耳を捻って仕上げる。これは冷暗所で三月は保つ。夏場はみかんがないので拵えることもないが、竈や火鉢の近く等温かい場所に置くとべたっとしてしまい風味を失うから注意するようにと長次郎は記していた。

「紫花豆の甘煮は甘く、みかんの柔らか飴は甘くて酸っぱく、残るはしょっぱい味がほしいよね」

三吉は菓子のこととなると一家言ある。

「塩煎餅とかさ」

呟いてから、

「ああ、でも丸くて大きい塩煎餅じゃ、紫花豆の甘煮やみかんの柔らか餡と様子がちょっと違うよね、もっと何というか――小さくて、そう上品っぽいものじゃないと」

と続けて、

「あれを使ったものでは駄目か？」

季蔵は相当固くなって届けられてきたのし餅の方へ顎をしゃくった。

「わかった、おかきだね、またの名はかき餅。ん、いい、上品っぽいけど気取ってない。たいていの家じゃ、余ったお餅で作るおやつだし。紫花豆ともみかんの柔らか餡とも合ってる。よっ、三羽がらすって感じ。いい、いい。最高」

はしゃぐ三吉に季蔵はのし餅を小指の先ほどの大きさに切らせた。

「これもう、からから寸前だよ。おいらんちじゃ、これぐらい固いとすぐかき餅にしちまうんだけどな。ああ、でもだから、おっかあのはからっと揚がってないのかも」

「それでは何日か乾かして、ひび割れるほどになったら揚げることにしよう」

それから五日ほど晴れた日が続いてこれらを干し上げた後、深鍋に入れて、じっくりと揚げた。こんがりと色づいたら取り出してしっかりと油を切る。

三等分にして大きな紙袋に各々入れ、一袋は塩だけを振り込み、もう一袋は塩と青のり、三袋目は塩と一味唐辛子粉という具合にして味を変える。袋ごと振るとよく混ざる。

「このおかき、お酒好きなおっとうも飛びつきそうだ。紫花豆の甘煮だって、みかんの柔らか飴だって肴になんないこともない。これらってお菓子にして肴だよね、季蔵さん」

「まあ、そうだな」

季蔵はこの三種のいわゆる余り物、傷みもので拵えた不思議な食べ物の仕上げに思案を巡らせていた。

「どんな風に箱に詰めたらいいだろうか？　言っておくが値の高い箱は使いたくない。それでいて『うーん』と唸らせたい」

思わず口に出すと、

「それならおいらに任せといて」

そう言って三吉は紫花豆の甘煮とみかんの柔らか飴、三種のおかきを重箱に詰めて出て行った。そしてほどなくして、三吉は嘉月屋の主嘉助と一緒に戻ってきた。嘉助は季蔵が湯屋で知り合って以来の仲で本業は菓子屋であった。とにかく好奇心が旺盛で幾つになっても前しか向かないという信念の持ち主であった。人真似をしない斬新な菓子作りに定評があり人気菓子屋の筆頭であった。

「わざわざお運びいただいて」

季蔵が恐縮すると、

「わたしごときでお役に立つとよろしいのですが」

謙遜した後、

「聞きましたよ。長崎屋さんがおいでになる皆さんへの手土産を用意なさるというお話。実はこのわたしにも〝大江戸一番小町選び〟で美女の見極めをせよというお達しが来てるんです。わたしなんて独り者のぱっとしない男でしょう？　美女選びなんてもう、おこがましくて。でも断ると角が立つだけじゃなしに手の込んだ意地悪をされそうで、渋々紋付羽織と袴を新調したりもしたんです。思い切り、後ろ指をさされて笑い者になるしかありません。正直悔しくてならないところでしたので、季蔵さんが余り物や傷みものを使って手土産作りをすると三吉さんから聞いて胸がすきましたよ、〝大江戸一番小町選び〟なんかで浮かれて上の機嫌をとってる場合じゃない、もっと地に足のついたことを考えてほしいってことでしょ？　季蔵さんのこれは。その上、余り物、傷みものでもたいした美味さの食べ物を拵えられるってことは、三吉さんの持ってきてくれた重箱の中身を摘まんでわかりました。これぞ、わたしたち庶民の心意気ですよ。いやはや、手伝わせていただくのがうれしいやら、有難いやらですよ」

嘉助は菓子屋の主らしく、詰め合わせの美技に長けていた。木箱大小と紙箱、蓋付きのギヤマンの丸瓶を格安で仕入れてくれた。みかんの柔らか飴だけは五つほど除けておき、小さな木箱には残りのみかんの柔らか飴を、紙箱には何重にも紙を敷いて三種のおかき、蓋付きのギヤマン瓶にはまだ多少汁気のある紫花豆の甘煮を詰める。木箱と紙箱、ギヤマンの丸瓶には蓋を載せ、紙を載せて赤い細紐で蝶結びにする、これを大きな木箱に入れるとやや余裕を残して詰まった。その隙間に残しておいた五つのみかんの柔らか飴を散らすように載せて詰めると、何とも趣き深くも珍しい雰囲気の菓子兼肴の詰め合わせができあがった。

「如何にも江戸っ子好みの粋詰めですね」

季蔵は感嘆した。

五

かくして〝大江戸一番小町選び〟は無事に終わった。季蔵は土産品の運び役として三吉、おき玖と共に赴いた。おき玖がどうしても〝大江戸一番小町選び〟に出場する選りすぐりの美女をこの目で観てみたいと言い出したからであった。

「それにしてもこの市中にあんなにぞろぞろ美女がいたなんてねえ。何れ菖蒲か杜若よ」

感心するおき玖に、

「でも、おいら一等の美女より二等の女の人の方が絶対綺麗だったと思う。見たてるお偉い人たちの目、節穴なんじゃないの?」

三吉は不満を洩らした。

おき玖に訊かれた。

「季蔵さんはどう思う?」

――どの娘も金をかけて磨き上げていたので、これといって際立つ滲み出すような格別な美しさが見受けられなかったな――

これが季蔵の正直なところで、

「お嬢さんの方が――」

ついその言葉が口を突いて出てしまい、

「それを言うならあたしじゃなく、瑠璃さんでしょう?」

おき玖に図星を指されてしまった。

何と応えていいか戸惑っていると、

「季蔵さーん」

五平が訪れた。

「今日はお礼にまいりました」

五平は季蔵に老中首座からの文を渡すと、頭を垂れた。

「そんな堅苦しいことは抜きにしてください。どうか頭をお上げになってくださらないと困ります」

その文には以下のように書かれていた。


流行風邪禍の痛手にまだ市中が回復せぬこの時季、豆一つ、みかん一つ、また固くなった餅一つ無駄にせぬ心根、まことに殊勝である。しかもこれらの真に美味たる味わい、上様もたいそうなお喜びであった。長崎屋五平は他の商人たちの鑑である。皆もこの感心な心根に従って市中復興に尽力するよう。

「これで皆様への面目が立ちました」

五平はほっと胸を撫(な)で下ろし、

——嵌(は)められることなくやりすごせましたね——

季蔵は目で語った。

——あの時わたしの迷妄が勝って金子など詰めていたら大変なことになっていたでしょう。今頃店は取り潰(つぶ)されて命だって危うかったかもしれない——

五平の目が応えた。

「ところでこの顚末(てんまつ)を噺に創られた時は是非とも聴かせてください」

帰り際の五平の耳元で囁(ささや)くと、

「それはあなたにだけですよ、季蔵さん」

五平が片目をつぶって囁き返してきた。

しかし、こうしてほっとしたのも束(つか)の間、翌朝、やっと空が白んできた頃、寝入っていた季蔵は聞き覚えのある声に起こされた。

「季蔵さん、季蔵さん」

「はい、只今」

油障子(あぶらしょうじ)を開けると、松次が立っていた。

「おはようございます」

まずは挨拶をした。

「悪いがちょいと骸が立て込んじまっててさ。番屋まで来てくれないか？」

「わかりました」

季蔵はいつものように松次と一緒に歩き始めた。

「どんな風に骸が立て込んでいるのですか？」

「若い男と女ではある」

「相対死（心中）ですか？」

「そうだと簡単だがちょいと違う。もっとも女の方はあの〝大江戸一番小町選び〟で二等になったお愛。仕立物で暮らしを立ててたんだが、ここしばらく姿を見かけなかったそうだ。それが今朝早く、野犬の骸と一緒に首括りで見つかった。死んで花実は咲くまいが、一等の呼び声が高かっただけによほど思い詰めたんだろうさ。そのお愛が首を括っている木の下で野良犬が死んでたんだよ。犬と一緒では相対死とは言わねえがな。偶然だろうが何とも気味の悪い取り合わせだ」

松次は顔を顰めた。

「犬の死の因は？」

「反吐を吐いてたってえから石見銀山にでもやられたんじゃねえのかな？」

――石見銀山鼠捕りにやられた？　特に野良犬は鼠と異なり滅多に毒餌を口にしないも

のだが――

季蔵は訊かなかったが松次は先を話した。

「男の方は加平。本両替屋富沢屋の手代だ。七日も前に向島の別宅に出かけたって話なんだが、二階から落ちて死んでるのが朝方見つかった。帰ってこない加平を案じた主が小僧に見に行かせたんだそうだ」

六

二人は番屋に着いた。田端宗太郎が待ち受けていた。烏谷椋十郎の姿もある。

「ご苦労、よろしくな」

烏谷は季蔵を促した。

「検めさせていただきます」

腰高障子を開けると土間の隅に菰を被された二体の骸があった。

季蔵は骸に近寄ると、手を合わせ、菰を取り除けた。

加平の骸であった。着ているものを脱がすと腹部が青く膨れていて頭部に打撲痕が見受けられた。

「すでに牢医による検めは済んでいる。冬場ということを踏まえて死後七日は経っているとのことだ」

田端が説明した。

次にお愛の骸と近くで死んでいたという犬の亡骸を視た。首に帯による幅広の括り痕があり、やはり膨れた腹部は青い。お愛の右手に何か握られている。開いた季蔵は親指ほどの大きさの茶色の粒を見た。粒は潰れていてお愛の握っていた掌に茶色が染みている。咄嗟に片袖にしまった時、嗅いだことのない強い風味の甘い匂いがした。中型の痩せた老犬の方は眠るような表情で死んでいて苦悶の色は無かった。

田端が口を開いて説明を続けた。

「女の方も死んでから七日ほどだそうだ」

「骸を視る限り、加平は本両替屋富沢屋が持つ向島の別宅へ大掃除の采配に行って、二階から身を乗り出していて落ちて死んだようだ。また、お愛の方は木の枝に自らの帯でぶら下がっていたことから覚悟の自死と見做される。ようは偶然同じ頃起きた事故と自死。ただそれだけのように見える。ところがな――」

烏谷は松次の方へ顎をしゃくった。

「向島の富沢屋別宅の大掃除の最中、一時加平が別宅を離れて近くの林の中で女と話をしているのを見たという話を聞き込んだ。加平と一緒に大掃除に出向いた小僧の話だったんだ。小僧の見た女の着物はほれ、これだったんだ」

松次は骸のお愛が着ている朱の絹地に鶴が飛ぶ冬景色が描かれている友禅を指差した。

――一等になったわけでもないのに随分豪華で派手な形をしていたのだな――

季蔵は不可解に思った。

「その小僧はこれを着ている女が加平を訪ねてきて、富沢屋の裏手で落ち合ってるのも見たことがあると言ってます」

松次の言葉に、

「お愛さんは仕立物で暮らしを立てている娘って親分言いましたよね」

季蔵は首を傾げた。

「それはいつのことだ？　〝大江戸一番小町選び〟の前か、後か？　前なら一番の呼び声が高かったお愛を見込んで、磨きをかけるのに贅沢な着物を贈るお大尽の酔狂があっても不思議はないぞ」

烏谷は問い詰める口調になった。

「そう聞いた。お愛は今まで縁のなかった友禅が気に入って着てたんでしょうよ。もっとも気に入ってたのは友禅だけではなかったようですがね」

松次は思わせぶりに言った。

「加平さんと——」

思わず季蔵が声を上げると、

「お愛は始終訪ねてくる加平に夢中だったそうです。ただ加平はこれが止まらなくてね」

松次は壺を振る仕草をした。

「首が回らなくなるほどの借金を拵えていたんだと賭場の胴元から聞いたんでさ。それで歩いていれば十人が十人男が振り返るほどの器量好しのお愛に、〝大江戸一番小町選び〟

に出て一等になってくれと泣きついたんだそうで。何てったって一等になれば金五十両が褒美に貰えんですからね。話してくれたのは長屋のかみさんたちの一人で、〃内気な自分にはとても不向きな役回りだけれども、加平さんのためなら仕様がない〃と言ってお愛は決意を固めたんだとか。友禅をお愛に贈ったてぇお大尽は案外加平なんじゃないかとあっしは思いますね。それでお愛はその着物を加平だと思って着てたんじゃないっすかね。哀(かな)しいほど切ない女心っすよ。果ては一等にはなれなかったうえ、こんなことになっちまって――」

松次は洟(はな)を啜った。

「おまえの言う通りだとすると、お愛が一等になると信じ込んで高い着物を贈った加平は当てが外れたわけだ。当然、お愛との仲も仕舞いになったろう」

烏谷は冷然と言ってのけて、

「だがお愛の方は加平は自分の命同然だ。向島の富沢屋別宅までお愛は追いかけて行き、自分の想いを必死に相手に伝えようとしたことだろう。だが加平はもう応じない。それでもお愛は退(ひ)かない。仕方なく大掃除が終わるまで待っているよう相手に言って、自ら最後の見廻(みまわ)りをする役目を買って出た加平は、店の者たちを先に帰した後、誰もいなくなった富沢屋別宅の二階にお愛を呼んだ。そして二人は本格的な言い合いになった。お愛の味方をすれば、加平の方から先にお愛を突き落とそうとしたことになるが、その反対かもしれず真偽のほどはわからない。とにかく揉(も)み合っているうちに落ちたのは加平の方だった。

庭に走り出て加平が死んだとわかったお愛は絶望して自ら括り死んだ、とまあ、こういう筋書きになる。男女が二体の骸になり果てたのには理由があるということだ。一つこれの証（あかし）を立ててはくれぬか？」

　季蔵を凝視した。

「その証に如何ほどの意味があるのです？」

　季蔵は訊かずにはいられなかった。

　――加平さんが誤って落ちたのではなく、お愛さんと揉み合って落ちたという証が立てられたとして、二人の命が戻ってくるわけではない――

「絵師喜多見国磨殺しの下手人はまだわかっていない。おそらく清水川藩が頼んだ闇のよろず請負人であることは間違いないが、清水川藩では知らぬ存ぜぬだ。無理もない。だが薄々知っていて知らぬ顔の御老中方は、町奉行の不手際であるとしてわしばかりを責める。絵師喜多見国磨殺しの下手人が見込めないのならば、せめて今回の一件ぐらいは、真実追及の刃（やいば）を町奉行所が持ち合わせていることを見せつけてやりたい。のう、田端よ」

　名指しされた田端は、

「北町奉行所定町廻り（じょうまちまわ）同心の意地もございます」

　珍しく大声で応えて、

「よろしく頼む」

　季蔵に頭を垂れた。

こうして季蔵は向島の富沢屋の別宅へと向かうことになった。舟を使った。漕ぎ手は季蔵の弟分の豪助である。お愛の死を告げると、

「たしかにお愛ちゃんは可哀想だったよ。〝大江戸一番小町選び〟は一等は金小町、二等は銀小町と呼ばれんだが、二等の褒美は銀五十粒だけ。姿絵も描かれることはない。勝負に勝ち負けは付きものとはいえ金小町とは雲泥の差だ。一等しかいい目を見られねえのは仕方のねえことだとしても、皆、お愛ちゃんの方が一等の女より器量好しだと見てたからね」

知らずと顔を歪めていた。

――そういえば子どもの三吉さえそう言ってたな――

「一等の女がお愛ちゃんに比べて取り柄があるとしたら、お大尽の娘だってえことだけだろ。そもそも出自なんて関わりなく、器量だけを競うってことになってたんだから、おかしい、いかさまだって言ってる奴らも大勢いる。おかしいっ、絶対におかしいっ」

若い頃、水茶屋娘の清楚な美女に入れあげていたことのある豪助は川面に向かって叫んだ。

そこで季蔵はお愛の相手の加平の死と二人の関わりを話した。

「悪い男に身も心も尽くした挙句にこのざまってことかい？　お愛ちゃんは自分を捨てた相手を殺めて自分も後を追った？　それじゃ、あんまり酷すぎるぜ。何のために生きてきたかわかんねえじゃあないかよ」

豪助の連れ合いのおしんには見せられない、お愛を死に至らせた者への憤懣を全身から迸らせた。

「ほんとにお愛ちゃんが加平を殺したって言うのかよ？　いくら死んじまったからって、濡れ衣まで着せられるのは酷いぜ。お奉行の立身出世のために兄貴は力を貸すのかい？」

豪助には珍しく鬼気迫る形相であった。

「よく似ているのではないか？」

季蔵のこの言葉に、

「ん、おっかさんは身籠らされて産んだ俺を水茶屋勤めで育ててたけど、また別の男を作っていなくなっちまった。そのおっかさんに似てたんだよ、お愛ちゃんは。だから何だか他人事とはとても思えなくてさ。もう生きてないかもしんねえおっかさんとお愛ちゃんが重なっちまった」

豪助は涙を流した。

「それじゃあ、一つ、わたしと一緒に向島の富沢屋別宅の二階を調べて、いったい何が起きたのか、ことの真相を明々白々にしないか？」

季蔵は誘い、

「そんなこと、わかるのかよ？」

半信半疑だった豪助に、

「わかると信じればわかる。ことが起きた跡を見つけ出せば、自ずと真相がわかるものだ」

きっぱりと言い切った。

二人は向島に着くと、舟を下りて富沢屋別宅へと向かった。向島の風光明媚さは桜の時季だけではない。こんな師走の曇り空の下でも、一段高い丘の上の松が逞しくも雅やかな姿を見せていて一幅の絵のように見えた。

七

門を入るとまずは加平が落ちて死んでいた所を探した。二階の窓を仰ぐ位置へと歩きかけた季蔵は、

「豪助、ゆっくりだぞ。ここはよほど土を注意して見ないと」

屈み込んだまま前へと進んで行く。

「加平さんが見つかったのはここだな」

季蔵は土の上に凝らした目を豪助に向けた。季蔵に倣ってそこに屈み込んだ豪助は、

「たしかに人の形に土が凹んでるが――」

二階をちらと見上げて、

「三間（約五・四メートル）もねえ高さじゃねえか。大工だったら二階屋の屋根から落ちたってせいぜいが足を折るぐれえだよ。まだ若い加平が落ちて簡単に死ぬかね。それにこの辺りには頭をぶつけるような大きな石はないぜ。これはおかしい」

厳しい口調で言った。

「土の上の人型はくっきりしすぎていて、まるでどこからか人を運んできてわざと付けたように見える」

季蔵の言葉に、

「こりゃあ、間違いなく加平は上から落ちて死んだんじゃねえな。どっかで殺されてここへ運ばれたんだ」

豪助は頷いた。

「念のため二階も見ておこう」

二人は玄関から中へと入り二階への階段を上った。

人型が付いていた庭を見下ろす部屋へと入ると季蔵と豪助は共に腹ばいになった。長い脚の付いた机と一人用の床几（しょうぎ）の下の真新しい畳の目や縁（へり）の違いを確認していく。揉み合っているならば多少なりとも畳の目や縁に荒れが目立つはずであった。

「変わりはなさそうだ」

季蔵が言うと、

「ここで殺されたんじゃないのかぁ」

悔しそうな豪助は両腕を組んだ。

「待てよ」

部屋の中ほどに立って両側の壁を交互に見据えた季蔵は左手の壁を指差すと近寄り、

「こちらの壁には無数の削られた跡がある。それに――」

続いて天井を見上げた。

「ここばかりはうっかりしたようだ」

倣って見上げた豪助は、

「あれは血の痕だな」

無数の黒い染みを指差した。

「加平さんはここで頭を後ろから殴られて殺された。下手人はその後始末をして上から落ちて死んだように見せかけることにしたんだ」

「畳に争った跡がなかったのは取り繕うために取り換えたってことかい？」

それには応えず、

「殺しに使った代物が見つかればそれもわかる」

季蔵は先に立って階段を下りた。まずは厨へと向かった。

「天井にまで血が飛び散ったのは加平さんが立っていたからだ。相手に背中を見せていた。相手に対して全く警戒していなかったことになる。大掃除の後ここで落ち合って一息つくとすれば――」

季蔵は厨に湯呑(ゆのみ)二つと新酒の酒樽(さかだる)、それに竹皮の包みが捨てられているのを目にした。捨てられていた包みを拾って嗅ぐとからすみの匂いがした。

「加平さんは殺されるとも知らずに、相手のもてなしで酒を酌み交わそうとしていたのだ」

　次に季蔵は蔵へと入り、迷うことなく石臼と一緒に壁に立てかけられている杵を手にした。

「これを振り下ろされて加平さんは亡くなった。頭の傷の大きさとこの杵の頭の幅がほぼ同じだ。杵は木でできているから洗ったところでまだ血の痕が木目に残っている」

「ってえことは、畳はやっぱり取り換えられたってことになるぜ」

　季蔵は豪助の言葉に頷いた。

「そして、そんなことまでできる奴はそういるものではない」

「ま、まさか主の富沢屋力右衛門かよ」

　豪助は仰天したが季蔵は、

「まだ知らなければならないことがある。舟を頼む」

　杵を手にして船着場に急いだ。

　舟からの降り際、

「お愛さんの無念はきっと晴らすから、おしんさんや可愛い坊やのいるおまえはこれ以上踏み込むな」

　季蔵は豪助にきつく言い置き、三十間堀にある水茶屋に急いだ。ここは季蔵と烏谷が急ぎの用向きの折に限って落ち合う秘密の場所であった。

すでに北町奉行所の烏谷には向島に向かう前にここで待つ旨の使いを出してある。

階段を上がってきた烏谷はやや気難し気な顔で上座に座った。季蔵が向島での経緯(いきさつ)を告げると、

「まあ、よくやった」

座布団の前に置かれている杵を取り上げて、

「ほう、富沢屋の加平殺しの証か？」

しげしげと血の痕を確かめた。

「やはり、そうでしたか――」

季蔵は安堵(あんど)と苛立(いらだ)ちの複雑な想いだった。

「本両替屋富沢屋力右衛門はやりすぎたのよ。奴の手厚いばらまきも町奉行、勘定奉行、寺社奉行、ようは奉行までで済ませておけばよかった。〝その上の計らいは御老中方の御采配です〟と奉行連中が退(ひ)いても諦(あきら)めず、欲のために度が過ぎて、御老中方まで巻き込もうとばらまきをしたのが間違いだった。御老中方は代々がお殿様の誇り高い方々なのだ。商人ごときに馬鹿にされたのがよほど応(こた)えてたいそう立腹し、珍しいことに御老中方一人残らずが富沢屋潰しで意見が一致した。町奉行のわしはその意を受けて力右衛門の悪事を暴くこととなった」

「それでお上は〝大江戸一番小町選び〟の催しにも参画したふりをされていたのですね」

季蔵は腑(ふ)に落ちないものを感じていた。

「そうだ。ばらまきは政の潤滑油ゆえ、まさかばらまきの咎で富沢屋をお縄にするわけにはいかぬゆえな」

「だから加平さんやお愛さんの命が奪われてもいいと？」

季蔵の眉間に青筋が立った。

「たしかにな。主のあこぎな商いの片棒を担いだ加平はともかく、天性の美貌ゆえに巻き込まれたお愛は可哀想なことをした。誰もこれほど富沢屋があこぎであったとは知らなんだ。信じてくれ、本当だ」

烏谷は常になく取りすがるような物言いになって先を続けた。

「これだけでは確たる証にはならぬ。富沢屋に誰かが忍び込んで蔵から杵を見つけ、加平を殺して落ちたように見せかけて逃げたと力右衛門は言い逃れるだろう。どうしても富沢屋に全てを吐かせるにはまだ証が足りぬ。探してくれ」

烏谷は頭を下げんばかりに言い募り、

「それではせめて、富沢屋をお縄にする時はお奉行自らおでましください」

有無を言わせず季蔵は烏谷より先に立ち上がった。

翌日、季蔵は菓子屋嘉月屋の嘉助のところへと向かった。嘉助は珍しく店に出ておらず季蔵は奥座敷へと通された。部屋には白い山茶花が大きな花瓶に活けられていて、嘉助はひっそりと座っていた。もともと小柄なのがさらに痩せて小さくなったように見えた。

「姿が見えなくなっていたので気になっていたお愛さんのことをさる筋から早々に洩れ聞

きました。亡くなった母親の他には身寄りがないとのことで骸の引き取り手がありません。このままですと無縁仏になるのだとか。加平さんも同様とのことでしたがそれではあまりに不憫すぎて――。あの世に行ってまで不実な酷い男に尽くすことはないでしょう。それでこのわたしが二人のお墓を立てて、母親のお墓も移して、供養させていただきたいとお上にお願いしたところ、お許しが出たところです。花のようだったお愛さんにはもっとふさわしい花がとは思うのですが、この時季ですのでなかなか思うような花が揃わず残念です」

――嘉助さんはもしや、お愛さんのことを――

「わたしがこんな気持ちになったのは実は初めてなんです。〝大江戸一番小町選び〟以来の岡惚れですよ。ですからもうあのことを耳にしてからというもの、ろくろく夜も眠れず心の中で〝どうか、どうか、無事で〟と祈っていたんです。ああ、でも、とうとう、こんなことに」

嘉助は顔を両手で覆ってしまった。

季蔵が声を掛けられずにいると、

「季蔵さん、ちょっとあそこの戸棚を開けてください」

嘉助は両手で涙を拭いながら頼んだ。

季蔵は言われた通りに紫檀でできた戸棚の観音開きの扉を開けた。何本もの赤い液体の入った瓶がしまわれている。

「葡萄酒ですね」

一度だけ季蔵もこの赤い色の酒を見たことがあった。

「それを飲めば何とかあのことをお話しできると思います。どれでもいいから一本こちらへ、それから栓を抜くための、そこに置いてあるそうそれです。それと脚の付いた湯呑、グラスというのですが、も二つお願いします」

嘉助は器用な手付きで葡萄酒の栓を抜くと見慣れない形のグラスとやらに注いだ。

「どうか、あなたもおつきあいください。清酒は楽しい時、これは悲しい時に慰められる癒しの風味だとわたしは決めています」

八

嘉助はまず葡萄酒を一気に呷った。そして、

「〝大江戸一番小町選び〟の審査に選ばれた知り合いから聞きました。あまりの酷さ、怒りで〝そんな非道なことが、信じられない〟と口走ってしまったほどです。お大名様方は参勤交代で国許へ戻る時以外はこの江戸においでです。そんな方々の中には多数の側室だけでは飽き足らず、吉原等の遊び場へおいでになられる方々もいらっしゃるのですが、女好みがさらに募ってこれにも飽き足らなくなると素人の無垢な娘へ関心が向きやすいのだそうです。何しろお大名様方ですのでそれもそう不可能なことではありますまい。けれども、さらに素人美人娘遊びが高じると、非の打ちどころなく美しく可憐な娘をという想い

に取り憑かれるのだそうです。どうりで花魁や芸者衆、茶屋娘等が募集に名乗り出られないようになっていたはずです。そして、漁色家のお大名様方のよこしまな欲望を叶えたのが金小町になれば五十両手に入って姿絵に描かれ、良縁にも恵まれるという触れ込みの"大江戸一番小町選び"だったのだとか。たしかにこのやり方ならどこかにひっそりと清々しく咲いているかもしれない極上の花を、待ち構えていて摘み取れますからね」

そこまで話して、

「すみません、葡萄酒をもう少し」

季蔵に向かって空のグラスを差し出した。

葡萄酒が満たされると再びぐいと呷って話を続けた。

「市中が広いようで狭いのは瓦版屋が飛び回っているせいです。市中の町毎に本選に出る候補が選ばれていくのを瓦版はつぶさに調べて書き立てていました。残った中ではお愛さんが一番大江戸一番小町に近いとされていました。わたしもそのように思いました。一目見て思ったんです。岡惚れのせいではなく誰が見ても一等になった薬種問屋薬師屋の娘より勝っていました。にもかかわらずお愛さんは二等の銀小町。わたしもそれなりには大人なのでたとえ〝大江戸一番小町選び〟なんぞという催しにでも、それなりの駆け引きが商人と政の間にはあるせいだろう、だったらこういうこともあるなと思いました。たとえば薬師屋の娘は賞金を全額奉行所に寄付して、その金子は流行風邪禍後修理が見合わせられている市中の橋直しにかかる費えの一部にされるのだとか。わたしはそのように役立たせるものとばかり信じておりました」

――そんな話はお奉行から聞いていないが――

「それは真でしたか？」

季蔵は確かめずにはいられなかった。

「いいえ。五十両は富沢屋力右衛門の財布から出てはいないんです。この催しは当初から薬種問屋の娘が一等になるべく仕組まれていたんです。富沢屋と薬師屋が互いの利益のために仕組んだことだったんです」

そこで嘉助は憤怒の目を空のグラスに向けた。察して季蔵は葡萄酒を注いだ。

「薬師屋の娘は妾腹の上、本宅に引き取られてもいないのでこのままでは望むような良縁には恵まれません。父親の薬師屋の主はこの妾に惚れ込んでいて娘も可愛く思っていたのですが、如何せん、入り婿の身では後を継ぐ倅や親戚の手前もあって薬師屋に引き取っての嫁入りは無理です。そこで富沢屋に相談したところ、力右衛門は〝大江戸一番小町選び〟を思いついたのでしょう。富沢屋には他の狙いもあったと聞きました」

嘉助は次の言葉を口にするのを躊躇った。

「狙いはお愛さんですね」

季蔵は代わりに口にした。

「ええ」

嘉助は重く頷いた。

「いろいろ裏事情を知っている方から聞きました。その方によれば、〝お愛は母親と二代に亘って小町以上に小町と言われてきた。小町と呼ばれたくない綺麗すぎる長屋娘と母親〟と瓦版が書いているが、貧しい暮らしぶりなのでいっそ色で生きていかないかという誘いも多々あるのを断ってきた。母親を身籠らせた相手は女房も子もある男だった。捨てられた母親はとにもかくにも娘のお愛さんには、たとえ貧しくとも一生添い遂げてくれる男をと思い身持ちの固い娘に育てた。母親が死んだあと、現れたのが加平だった。お愛さんは口説き上手な加平にすっかり夢中になってしまい、――ああ、これであの世のおっかさんにも親孝行ができる。心配をかけないで済む――と周囲に話していた。加平と夫婦になることを無邪気に夢見ていた――と」

「あなたは銀小町にしかなれなかったお愛さんが案じられてならなかった」

「ええ、そうです。おかしな付け廻し男と思われてもいい覚悟でお愛さんを見守っていたんですが、ある日、突然いなくなってしまいました。それからはどんな伝手でも頼っておお愛さんの事情を知ろうとしたんです。嘉月屋のお客様の中に富沢屋をよく思っていない方がいらっしゃるのですが、その方から、〝これは噂だけれども〟と断ってから〝貧しくてもいいから夫婦揃った暮らしを願う、お愛さんの純な想いに付け込んだのは加平だけではなかった〟と――聞きました」

「それは富沢屋力右衛門でしょう」

「そうです。薬師屋の相談に乗ってここは一つ加平をけしかけてお愛さんを巻き込もうとしたんです。そもそも加平は富沢屋に命じられてお愛さんに近づいたんですよ。その方はこのように言っていました。〝富沢屋は加平が返せない借金の肩代わりをお愛の身体で払うよう勧めたんだろう。この絡繰りを知らされている好きものの殿様たちはこぞって名乗りを上げたことだろう。お愛は従い、しかし加平は身体の汚れを理由に別れを切り出し、それでお愛は世を儚んで縊れたに違いない〟とも――」

　話し終えた嘉助の顔は死人のように青かった。

「わたしはもう耐えられません」

　膝の上に載っている拳がぶるぶると震えている。

「富沢屋に思い知らせてやりたい」

　日頃は度が過ぎるほど温和な嘉助と同じ人物とは思えない。しばし季蔵は嘉助が落ち着くのを待った。

「ああ――」

　多少平静さを取り戻した嘉助は、

「何かわたしにご用でもございましょうか？」

　はじめて季蔵に訪問の理由を訊いた。

「実はこんなものを拾いまして――」

　季蔵は番屋で片袖に落とした潰れた茶色い粒を懐紙の上に載せて見せた。

「薬かとも思いましたが何とも嗅いだことのない甘い匂いなので、もしかしてお菓子の一種ではないかと気にかかりまして——」

　季蔵は嘉助がカステーラに止まらず、長崎から新たに入ってくるさまざまな南蛮菓子にまで通じていることを知っていた。ピエス・モンテ（工芸菓子）と言われているフランス菓子の手法で江戸市中を模した砂糖菓子を披露したことさえあるのだ。

「ああ、これならしょくらとを（チョコレート）ですよ。溶かして飲むとたいそう効き目もある腎の臓の薬のように言われていますが、わたしは砂糖を加えて啜ってみてこれはたいそう美味なものだと思いました。お上が正式に買い入れているものではないので、滅多に舌鼓は打てません。これを飲んだことのある人たちは出島の阿蘭陀人を経て入手したのでしょう。おやっ、何かな、このしょくらとをの風味を濁らせる匂いがしますね。何が混じっているのだろう？」

　嘉助は好きな菓子や材料の話になって多少生気を取り戻したかのように見えた。

——これだけしょくらとをの風味が強いと隠れているがこの混ざりものは阿芙蓉——

　一瞬どきりとした季蔵だったが、

「何かなあ」

　しきりに首を傾げる嘉助に、

——幸いにも嘉助さんは阿芙蓉の臭いを知らない——

　安堵すると、

「いただきます」

今まで口をつけていなかった葡萄酒を飲み干して立ち上がった。もとより嘉助に知り得た事実を告げる気はなかった。

――知ったら今の嘉助さんは何をするか、わかったものではない――

そして季蔵は以下のような文を懐紙に包んだしょくらとをに添えて烏谷に届けた。

お愛さんの骸が握っていたこの茶色く甘い香りのするものはしょくらとをという阿蘭陀からもたらされたものです。湯で溶いて好みで砂糖を加えると飲み物になります。富沢屋力右衛門の蔵または氷室をくまなくお探しください。きっとこのしょくらとをが見つかるはずです。そしてそれがしょくらとをを盛られた上、木に吊るされたお愛さん殺しの動かぬ証です。お愛さんの近くで犬が死んでいたのは、握ったお愛さんの手からこぼれた阿芙蓉入りのしょくらとをを食べてしまったからでしょう。

季蔵

この後、早速烏谷は自ら出向いて富沢屋を徹底捜索し、氷室に残っていた多数のしょくらとをの粒を見つけ出した。

縄を打たれた富沢屋はお愛に阿芙蓉入りのしょくらとをを飲ませて意のままにし、密貿易を広げるべく、国許で他国と密かに商いをしている、素人美女好きの大名たちに取り入ろうとしたことを白状した。しかし、監禁していたはずのお愛が突然いなくなって、見張らせていたはずの加平まで殺されてしまった事実には知らぬ存ぜぬを言い通した。

　そしていよいよ、明日から石まで抱かせられる苛酷な責め詮議が始まる前日の夜、隠し持っていたと思われる阿芙蓉入りのしょくらとをを飲んで翌朝には冷たくなっていた。富沢屋の命により、加平に捨てられそうになったお愛が、富沢屋や向島の別宅の大掃除の最中に姿を見せたと嘘を話した小僧も入牢中に命を落とした。牢名主が混みあいを避けるべく、夜のうちに濡らした紙で小僧の顔を覆って窒息死させたものと思われるが、この手の死に詮議はない。

　薬種問屋薬師屋は富沢屋に何とかいい縁組をと相談しただけで、力右衛門の悪事とは無関係ではあったものの、阿芙蓉の密売に手を染めていた事実が露呈し、薬師屋は闕所となり近く遠島の罪が科せられる。一時、金小町になった娘はこれが仕組まれたものだと知れて、持ち込まれていた縁談が潮を引くように立ち消えただけではなく、市中を離れるほかなくなった。

　こうした顛末の後、季蔵を訪ねてきた嘉助は、

「お愛さんが最期の最期、死の眠りに就かせられる前、手の届くところにあって咄嗟に握ったしょくらとをが全ての仇を取ってくれたとは――」

　と言って絶句した。

第三話　冬至ぜんざい

一

漁師の使いをしているお喜代が姿を見せないこともある。魚が届けられて来ない不漁の日の小雪ずしは味噌漬けの魚をすしだねにしている。ところがこのところ上方から運ばれて来る本格的な白味噌の高騰が続いていた。

季蔵は思い切って白味噌を甘酒味噌に代えてみた。

「一つ試してみるか」

三吉に声を掛けて甘酒の素を拵えたのが数日前のことであった。

甘酒の素はもち米と米麹で作る。もち米をさっとすすぎ、鍋に入れて適量の水を加え蓋をして火にかける。沸騰したら焦げつかないように気をつけて柔らかくなるまで炊く。火から下ろしてやはり適量の水を加えて混ぜ、ほぐした麹を入れてさらに混ぜる。布巾をかけて炬燵の中で四刻（約八時間）ほど保温する。甘味が出て全体に均一になったら出来上がり。漉して米の粒を潰しなめらかにする。

出来上がった甘酒の素を水で薄めると甘酒になる。塩梅屋が常備している甘酒はもち米ではなく米またはうるち米が使われているあっさり甘味だが、甘味の強さではもち米使用が勝っている。

「ぞくっと来た、美味しいっ」

舐めた三吉がうっとりしている。

「絹ごし豆腐、あったな」

思いついた季蔵は、

「こっちも試しだがこの素少しばかりと絹ごしを混ぜてみろ」

「ん」

言われた通りに当たり鉢で混ぜ合わせて匙で口に運んだ三吉は、

「美味いっ、もう、最高」

ひと匙だけ季蔵が口にした甘酒豆腐をあっという間に全部胃の腑におさめてしまった。

「後を引くったらない。もっと食べたい。絹ごし豆腐、買いに行っていい？」

懇願する三吉を、

「駄目だ。甘酒の素はそもそも甘酒味噌のためなんだから」

季蔵は微笑みながら叱って甘酒味噌作りに入った。甘酒の素といわゆる味噌を混ぜ合わせて漬け床にするのだがその塩梅がむずかしい。基本は甘酒の素が味噌に対して同量か、二分の一量だと塩味が勝って日保ちのよさが高まり、甘酒の素を同量以上に増やせばその反対になる。

「どう思う？」

何通りか試した三吉は、

「これは絶対、甘酒の素の量が多い方がいいよ。味噌は半分の量でもせっかくの甘酒風味が殺されちゃうもん。冬で寒いんだしさ、塩少なめだって傷まないよ。それにしても甘酒豆腐、美味いなあ。これを漬け床にしてくれるんなら、おいら、漬けられる魚になってもいい」

甘酒の素が多い甘酒味噌を推した。

そこで季蔵は味噌を三分の一量にした甘酒味噌に鰆を、二分の一量の方に鯖を漬け込むことにした。甘酒豆腐は淡泊な豆腐に甘酒の素で独特の甘味をつけたものだが、漬け床となると豆腐よりはずっと癖のある魚の風味を十二分に引き出す役目を担うのが甘酒味噌だからである。


鰆と鯖を漬け込んで数日が経った。

季蔵は甘酒味噌に漬けた鰆と鯖の切り身を漬け床から取り出して甘酒味噌を取り除くと、各々じっくりと香ばしく焼き上げて、押し型のすし飯の大きさに揃えて切りわけて載せ、試食した。

——さらっとして物足りない味のはずの鰆にはコクが出ていて、脂の強い鯖はあっさり食べられる。鰆、鯖各々で、味噌と甘酒の素の分量を変えてみた甲斐があった――

三吉の方は、

「これ止まらない美味さだね」

と言いつつも、昼時に買いに訪れる客たちのために口に運ぶ手を止めた。

この日、そろそろだと思っていた季蔵は大根の赤唐辛子煮を拵え始めた。

「わ、あれだ」

三吉の目が輝いた。

流行風邪禍以前の大根の赤唐辛子煮は夕刻に訪れる客たちに供されていた、塩梅屋の師走名物であった。ややこってりのピリ辛味噌がみずみずしい旬の大根に染み込んでいて、左党には堪らない味と評判をとっていた。

流行風邪禍以降、これも持ち帰りができるよう大鍋で多量に拵えている。何杯でも飯が食えると左党でない人たちにも喜ばれていた。従来はただの味噌で味付けしていたが、このところは癖のある鰤等の魚を漬けた味噌を使い始めていて、何とこの日は鯖を漬けた甘酒味噌に少々醤油を足して味付けした。ただしこの大根の赤唐辛子煮の肝は味噌だけではなく油にもある。

拵え方はまず鍋に油と輪切りの赤唐辛子を入れて火にかけ、香りが立ったら輪切りの大根を入れて両面に焼き色をつける。この時の油を菜種油にするか、胡麻油にするかで仕上がりの味が異なる。次に大根がひたひたに浸かるくらいに水を入れ、沸騰したら好みの味噌を溶き入れる。蓋はせず汁気がなくなり柔らかくなるまで煮る。

これについてはおき玖が、

「あら、これ、おとっつぁんが拵えてた揚げ大根に似てる。あれってなかなか、厚みのある大根が柔らかくならなくて大変なのよね。時がかかりすぎる。それに比べてこれって簡単。それに味もしっかりしてる。季蔵さんが工夫したんでしょ。凄い。あの世のおとっつぁんもびっくりしてるわ、きっと。もちろん、うちでも大根の美味しい時季には始終拵えさせてもらう。ありがとう、季蔵さん」

礼を言ってくれたことがあった。それを思い出した季蔵が、

「ただし、とっつぁんの揚げ大根の凄さは、揚げたて大根を汁と大根おろしで食べる、大根に大根、至福の冬の美味さだ」

ふと洩らすと、

「だけど冬至ぜんざいには絶対、こっちだとおいら思うよ」

三吉が言った。

大根の赤唐辛子煮がこれほど市中で評判になったのには理由があった。流行風邪禍後、疲れ果てている人たちのために塩梅屋では小豆かぼちゃ煮を振る舞った。かぼちゃと小豆を砂糖を加えて煮ただけのものだが、この甘さが人々の身体と心に染みた。これがちょうど師走で冬至近くであった。冬至に無病息災を願ってのかぼちゃ食いは欠かせない。以来塩梅屋の小豆かぼちゃ煮は冬至ぜんざいと呼ばれるようになり、毎年師走に待たれる市中

の食べ物風俗の一つになった。

そして誰かが言い出して、冬至ぜんざいの後は同じく塩梅屋の大根の赤唐辛子煮に限るということになったのである。甘い冬至ぜんざいを味噌と赤唐辛子の辛みの大根の赤唐辛子煮で締める。「食通の極みは安価で滋養のあるこの組み合わせだ」と世の食通たちまで言い立て、これらを瓦版屋が書きたてた。おかげでこの時季、塩梅屋は冬至が近づくと大わらわのてんてこ舞いとなる。

冬至ぜんざいや大根の赤唐辛子煮は、いつからとは決めてはいないが早目に多少手の空いた時から始めている。すでに小豆やかぼちゃは選び抜いたものを多量に買い置いてあった。これらの料理に使う大鍋も幾つか損料屋から借り受けてある。大根だけは今朝、急ぎ三吉を青物屋まで走らせて調達した。

それでこの日、季蔵は大根の赤唐辛子煮を拵え始めることができたのだった。夕刻の商いが主であることに変わりはないので、混むとこれらの品を作ることができない日もある。その時には「すみません。今日はありません」と詫びなければならず、早目に始めてせめて一人でも多くの人たちに味わってほしいという季蔵のせつなる想いが込められている。

冬至ぜんざいは一晩水につけた小豆を鍋に入れて半刻（約一時間）ほど水煮する。ここにかぼちゃを入れ蓋をして柔らかくなるまで煮る。かぼちゃが柔らかくなったら砂糖を加え、汁気が無くなるまで煮詰め、塩ひとつまみで味を調える。

「これって簡単なようで意外にむずかしいよね」

三吉の言う通りで小豆とかぼちゃはよく見て選んだものを使わないと風味が悪い。小豆、かぼちゃには独特の風味があり、砂糖をもってしても傷んだり、古くなったりしている悪い風味を誤魔化すことができない。それと小豆とかぼちゃは煮えるまでの時が異なる。ここを計算して煮ないと美味く煮えない。どちらも相応のしっとりした柔らかさと自然の甘さが理想であった。ちなみに冬至ぜんざいは小豆かぼちゃ煮の他にいとこ煮とも呼ばれている。もとより小豆とかぼちゃはいとこなどではあり得ないのだが、それほど共に身近にあって親しみやすい甘味であるという意なのであろう。

この日は夜遅くまで冬至ぜんざいや大根の赤唐辛子煮を拵えることに追われた。できあがった分の中から家族分を持たせて三吉を帰した後も季蔵は仕事を続けた。塩梅屋が恒例の師走の賄い料理をはじめたという噂(うわさ)は、大根を多量に買った青物屋からあっという間に広がっているはずであった。三吉や青物屋の口は止められない。わかっている季蔵は明日は小雪ずし、師走おせちを休むことにしていた。おそらく明日、塩梅屋前には昼前から、冬至ぜんざいや大根の赤唐辛子煮を食そうとする人たちで長蛇の列ができることだろう。

——あと一頑張りだな——

季蔵は明日に向けてあと一鍋ずつ、作り置きができる冬至ぜんざいや大根の赤唐辛子煮を拵えておくつもりだった。

二

店の油障子(あぶらしょうじ)を開ける音がして季蔵が俎板(まないた)から顔を上げると、

「まだ、料理に精を出していたようだな」

烏谷(からすだに)の巨体がのっそりと入ってきて目の前に居る。

——こんな時分にどうされたのだろう？——

烏谷は八面六臂(はちめんろっぴ)の活躍で対策に追われていた流行風邪禍の最中は寝食を忘れるほどの忙しさだったので、季蔵のところへ時分を問わず腹拵えに立ち寄った。しかし今はもうその時ではないし、少し前に来た時も文(ふみ)を寄越(よこ)してからの夕刻の訪れであった。

「何かございましたか？」

季蔵は不審な面持ちで訊(き)かずにはいられなかった。

「腹は空(す)いていない」

珍しい物言いでもあった。

「冬至ぜんざいと大根の赤唐辛子煮はいつものように明日、お涼(りょう)のところへ届けてくれ」

「心得ております」

「茶をくれ」

「わかりました」

季蔵は丁寧に煎茶(せんちゃ)を淹(い)れた。

「常の茶より美味いな」

「茶葉は同じものを使っております」

「そうか」

そこで烏谷はしばし黙り込んだ後、思い詰めた口調で季蔵に問い掛けた。

「そち、先の〝大江戸一番小町選び〟の顚末について、何かわしに物申したいことがあるのではないか？」

――お奉行はいったい何が目的なのだろう？　わたしに何を言わせたいのだろう？――

烏谷の言葉は率直なようで時に含みがある。

「はて、そう申されましても――。そもそもあの一件は終わったものではありませんか？」

季蔵はわざと相手が苛立つ物言いをした。

――わたしにかこつけるのではなく、お奉行はご自身でじっと抑え込んでいる思いの丈、憤懣をおっしゃるべきだ――

「酒にしてくれ」

烏谷の太い眉が上がった。

「はい、只今」

季蔵は燗をつけた。

「肴はこれしかございません」

甘酒味噌漬けの焼き鯖を載せた小雪ずししか残ってはいなかった。

「ならばそこの冬至ぜんざいと大根の赤唐辛子煮も貰おう」

「それでは」

季蔵は冬至ぜんざいを椀に、大根の赤唐辛子煮を小鉢に盛って供した。

これらをあっという間に胃の腑に送り込んだ後、ふうと大きなため息をついた烏谷は以下のように切り出した。

「昨日、遠島の罪で島に送られる途中の薬師屋が乗った船が沈んだとの報を受けた。今時分、海路は寒くはあるがそう荒れるものではない。出航前日、奉行所から言いつかって船の航行安全を見極めると言って許しを得た者が、一時、薬師屋の乗る島送りの船に乗り込んでいる。その時に穴が開けられでもして船は沈んだものと見做される。〝大江戸一番小町選び〟の首謀者だった富沢屋は自死し、お上にお愛のことで偽りを述べた小僧まで牢内で始末された。これに殺された加平と今回、海の藻屑になった薬師屋を加えれば、あまりに悲惨すぎたお愛の仇はことごとく討ち果たされた。このいささかできすぎの顛末、そちも、とかく判官贔屓、ここ当分はお愛贔屓の瓦版もさぞかし満足であろうな？」

「お奉行様はご不満でしょう」

季蔵はこの手の誘導に切り返すことができるようになっていた。

「もちろん」

烏谷はほうという顔で大きく頷いて見せて、

「富沢屋は商いを広げて暴利を貪るために、加平によってお愛を人身御供にしたことは認めたが殺ってはいないと言い張って死んだ。薬師屋は阿芙蓉のあこぎな横流しは認めたがどこから多量な阿芙蓉を入手したのかについては口を閉ざした。そもそも阿芙蓉の横流しは重罪であるにもかかわらず、責め詮議もなくあっさりと遠島では罪が軽すぎる。薬師屋は死罪にならないとわかっていたのではないか？　今回の一件、遠島で済んだのは娘の良縁を願う愚かな親心と見做され、上は阿芙蓉絡みの罪には触れなかったからだ。阿芙蓉にまつわる不正ともなると医術とも関わっての大問題となり、町奉行の采配を超える。目付、大目付であってももはやこの限りではあるまい」

と続けた。

「ようは公方様の下で幕政を牛耳っている御老中様方の思惑で、薬師屋の沙汰が決まったというのですね」

季蔵のこの言葉に、

――とうとう、言わせたぞ――

烏谷はにやりと笑って、

「島送りの船が沈んだのも謎よな」

さらなる誘導を試みた。

「それも御老中様方の指金ですか？」

季蔵はあえてそれに乗った。

「『壁に耳あり、障子に目あり』とだけ応えておこう」

「それはまた、ご不自由な――」

季蔵は目尻に皮肉な笑い皺を刻んだ。

「何の、そちがいてくれるので安心している。ただし、富沢屋潰しであれほど結束した御老中方がまだ、その俄結束を反古にせず、〝見ざる、言わざる、聞かざる〟を続けておられるのが気になる」

烏谷は思わせぶりに含み笑った。

「それには魂胆がありますね」

ずばりと季蔵が言い当てると、

「はて、そち、今、何と言ったかの？」

自分の片耳に手を当てて、

「わしには聞こえなんだがな。御老中方は謂わば上様の手足。手足とはいえ今は上様ゆえ滅多なことは聞けぬわ。もっとも上様は武神でもあられるゆえ、手足など如何様にも付け替えができる。だがそれは手足だけが上様を離れて勝手放題に動いているという、動かぬ証を得てこその快挙だ。それまではわしも〝見ざる、言わざる、聞かざる〟に倣うことにする。季蔵、よろしく頼むぞ」

今度はわはははと大笑いした。

──わたしに結束している御老中方の尻尾を摑めと？　何とも大海に小舟で乗り出すかのようなお役目ではないか？──

困惑を通り過ぎて腹が立ってきた季蔵は、

「小舟もよき櫂がないと漕ぎ出せません」

思わず抗議の言葉が出た。

「ほう、そうか、なるほど。告げることを告げねばそちほどの者でもわからぬな。南町はいざ知らず、この北町では徹底的に不審死の真相を調べる。それも上があれこれ言ってくる前に真相に行き着くようにする。わしのこのやり方が小舟の櫂よ」

「もしや市中の不審死の多くに御老中様方が関わっているとおっしゃるのですか？」

「『見ざる、言わざる、聞かざる』と申したであろう」

とは応えたものの烏谷の目はすでに頷いていた。言葉が後追いする。

「どうにもわしは『見ざる、言わざる、聞かざる』が不得手のようでいかんな。仕方がない、話す。ただしこれはあくまでもわしの直感にすぎぬがな。喜多見国麿が殺されて清水川藩が関わりながら下手人がわからず仕舞いになった。この手のことは清水川藩自らが手を下し、隠蔽工作を念入りに行った挙句、奉行所には〝関わりなし〟の沙汰が大目付から下るはずだからだ。これが未だ無い。ということは、下手人は市中に放たれていてこれを一刻も早く探し出せということだ。この辺りからおかしいと思っていた。そして今度は完膚なきまでの罪人と目される者たちの始末――これだけ揃っていて、上様の手足を疑わぬは虚けであろうが？　違うか？」

烏谷の目がぎらりと抜き身のように光った。

「只今のお話でよくわかりました。承知いたしました」

知らずと季蔵は深く頭を垂れていた。

——わたしへのお役目の重さがたいそうな意味を持つこともわかった——

「わかってくれたか——」

安堵した烏谷はぎらりの抜き身から変わり、困惑気味の好々爺じみた苦笑を浮かべて、

「実は一つそちに言っておかねばならぬことがある。瑠璃のことではないがそちが案じるはずだ」

別件に入った。

「何でございましょう?」

季蔵の背中はまだ緊張を解かない。

「いつかわしが催した花見に集まった中にそちの知り合いの船頭豪助と女房のおしんがおったであろう。おしんの方は漬物屋での奉公を活かして漬物茶屋を商っていると聞いていた。おしんの漬物の腕はたいしたものだと評判だ」

そこで烏谷は一度言葉を切り、

——この持って廻った物言いはおしんさんの漬物を所望されているのではない。お奉行はおしんさんについて何が言いたいのだろう?——

季蔵は神妙に相手の先の言葉を待った。

三

烏谷は先を続けた。

「おしんの漬物茶屋は一時は大した繁盛ぶりだったそうだが、競争相手が増えて以前のようではなくなったのだとか——。おしんとやらはたいそうな自負心の持ち主のようだ。それゆえ漬物が売れなくなったときにいたく誇りが傷つき、新手の悪辣な信心に嵌って痛手を負ったこともあった。亭主持ちで子もいるというのにこのわきまえのなさはよろしくない」

——お奉行はおしんさんに好意的ではない。これはもしかして——

「おしんさんに何かあったのですか?」

季蔵は訊かずにはいられなかった。

「実はおしんに殺しの嫌疑がかかっている。本日お縄にした」

とうとう烏谷は告げた。

「おしんさんに殺しの嫌疑? 信じられません」

知らずと季蔵は相手を睨み据えていた。

「しかし、その時の様子はおしんが下手人だと指している」

「どんな様子です?」

言葉が力んだ。

「本日の早朝、下谷に住まう沢庵屋夏越しの女主佐和が道端に倒れているのが見つかり、すでに息が絶えていた。首を絞められて殺されていた。昨日の夕刻、おしんをその沢庵屋の近くで見たという者がいる。その者も漬物茶屋の女主だ。おしんはこのところよく夏越しに客を取られたと嘆いていたそうだ」

「それだけのことで下手人扱いですか？」

「いや、まだ決定的な証が他にもある。佐和の首を絞めた組紐はおしんのものとわかった。これはおしんが贔屓にしている小間物屋の主が間違いないと認めた。おしんには組紐に拘りがあって売られているものを買うのではなく、他人とは違う組み方を特注していたそうだ」

「おしんさんは何と言っているのですか？」

「組紐は自分のものだが殺しなんぞしていないと言い張っている」

――これはかなり分が悪いが――

「わたしもそう思います」

言い切った季蔵に、

「ほおーっ、疑わしきを証無くして思いだけで決めつけるな、証あってこそというのがそちの言い分ではなかったのか？　変わりに変わったものだな」

揶揄するかのように烏谷は目を細めて、

「ここから先はおしんの亭主に訊いてくれ。亭主はそちの弟分だろう？」

そう言い残すと帰って行った。

烏谷を見送った季蔵は重箱に冬至ぜんざいと大根の赤唐辛子煮を詰めて風呂敷に包むと浅草今戸町慶養寺門前の豪助のところへ向かった。

季蔵が豪助の家の勝手口の戸をそっと叩いて、

「わたしだ、お奉行様から事情は聞いた。どうしている？」

案じる声を掛けた。

「ああ、兄貴、来てくれたのか――」

戸を開けて迎えた豪助はげっそりと窶れて目ばかり光って見えた。

「善太ちゃんはもう寝ているな？」

「ん、寝てるよ。今日は朝から大変だったから。おしんの奴、〝かあちゃんはお上に呼ばれてちょっと留守をするけどすぐ帰るからいい子にしてるのよ〟なんて言いやがって、こんな時でもしっかりしてるよ。おしんはさ」

豪助は言葉に詰まり、

「おしんは涙一つ見せないで番屋に連れていかれた。それに引き換え、からっきし意気地のねえ俺なんざ、おろおろするばっかりでさ。おしん似でしっかり者の善太に〝大丈夫だよ、とうちゃん。かあちゃん、すぐ帰ってくるって言ってたじゃないか〟なあんて慰められる始末だった。それでもやっぱり母親が恋しいんだよな、まだ、子どもなんだから。〝かあちゃん、かあちゃん〟って寝言で言ってる。眠りながら泣いてるんだよ。たまんねえ――」

洟を啜り上げた。

「まあ、一杯やらないか？」

季蔵は酒も大徳利で用意してきていた。

「それじゃ」

豪助が湯呑を二つ並べ、季蔵は大徳利を傾けて注いだ。豪助はぐいと飲み干した。

一口啜り込んだ季蔵は烏谷から聞き及んでいる話をまずは伝えて、

「間違いないか？」

念を押した。

「まあ、そんなところだろう」

季蔵は頷いた豪助の湯呑に酒を注ぎ足しながら訊いた。

「どうしておしんさんの組紐が沢庵屋の女主の首を絞めていたのか、思い当たるふしはあるのか？」

「そいつは酷いぜ」

豪助は水のように湯呑酒を飲み干すと大徳利を手にして空の湯呑に勢いよく傾けた。酒が溢れてこぼれる。

「自棄はよくないぞ」

「兄貴にまでそんな風に疑われちゃ、自棄飲みでもしないとやってらんねえ」

豪助はまた鼻声になった。

「疑っているのではない。おしんさんに人など殺せるはずはないとわたしはお奉行様にははっきり言った。本当だ。さっきのは言葉通りのつもりだったが言い直そう。おしんさんはどこかで組紐を失くしたのではないか？　心当たりは？」

「〝特注して組紐の帯締めに贅を楽しむのはあたしの唯一のおしゃれ心なのよ。わりに目立つし着物なんてもんにお金をかけても、不器量なあたしには勿体ない。それでも茶屋の女将なんだから多少は粋でないとって考えた挙句なのよね〟っておしんは言ってた。何とかっていう歌舞伎役者が舞台で締めて素敵だっていうことで流行ってるってらしいが、おしんの帯は役者みてえなたいそうな帯でもあるまいし、どうかと俺は思うんだけど、おしんに商売の為って言われるとな」

豪助は湯呑の酒を飲み干し、さらに注いだ。

「たしかに動かぬ証ってことで見せられた組紐は自分のだっておしんは認めたよ。失くなったことは気が付いていたけど、いついつ失くしたとはわからないって――」

――これもまた、不利だな――

季蔵は心に浮かんだ言葉を消して、

「ほかにお上から突き付けられた証はあるのか？」

訊かずにはいられなかった。

――お奉行は亭主から聞けと言っていた。それを知らなければ――

「まあ、ある」

豪助の顔に燃えたぎっている憤怒に複雑な表情が加わった。

「沢庵屋夏越しの女主はおしんと同じか、一つ、二つ年下の沢庵漬けがあまり似合わない女だったって」

「おまえが会ったことは？」

「一度見かけたぐらい――」

「どう思った？」

「どうって、まあそこそこ綺麗な大年増だよ。独り暮らしだったが男がいてもおかしくない。若い男が沢庵屋の座敷で刺し殺されててもね」

豪助は投げやりな物言いになった。

「それはどういうことだ？」

「沢庵屋の女主は外の道端で、若い男は沢庵屋の中でそれぞれ殺されてたってことだよ」

「もしや、おしんさんはその男も手に掛けているとでも？」

「きっとそうだろうね」

豪助の声が沈んで泣いた。

「沢庵が売れまくっている沢庵屋の女主に男までいるのが、負けず嫌いのおしんには我慢ならなかった。それで思い余って、二人が一緒のところへ乗り込んで殺しちまったってことになってる」

――お奉行がおっしゃっていた〝亭主持ちで子もいるというのに――よろしくない〟というのはこのことだったのか――

「まさか、おまえはそうは思っていないのだろう？」

季蔵の言葉に、

「そんなことないって思いたいけど――」

「おまえがそんな弱気でどうする？」

「そういう兄貴だってここまでわかれば少しはおしんを疑ってるだろう？」

豪助は探るような目を向けてきた。

「いいや」

季蔵は大きく首を横に振った。

――ここはわたしが豪助の疑いを吹っ切ってやらなければ――

「でもおしんときたら、あのお愛ちゃんのことに俺がとっくに生き別れたおっかさんを重ねて話しただけで、〝ああ、よかった、あたしは不器量で。不器量は命を取られることもないんだから。ほんと、神様仏様よね〟なんてかなりじめじめと長く怒ってた。そもそも死んだ姉さんが小町娘で何かと比べられたおしんは不器量を気にしすぎなんだ。正直俺もうんざりする時がある。ようは不器量に胡坐をかいてて、何もかも上手くいかないことはそのせいにしてる。それで亭主いじめしてる女が女房なんだと思うとやりきれなかったよ。だからこの疑いを聞いた時、もしかして、不器量で欲張りなおしんは亭主だけでは物足りなくなったのかもって――」

――疑いの通りだったら、おしんさんはその若い男をめぐって一方的にお佐和さんと競ったことになる。豪助の心が揺れたのは当然のことだな――

「おしんが勝手に男を張り合った挙句、両方殺したなんて聞くととても平気ではいられなかった。かっと頭に来た。そうかもって思いかけて子どもの顔を見た。そのとたんすっと気持ちが鎮まった。この子の母親のおしんがそんなことするわけない」

豪助は晴れた顔を見せた。

四

そこで季蔵が、

「おしんさんがたとえ人並み外れて心に渦巻くものを抱えていても、それと人を手に掛けることとは別物だ」

きっぱりと言い切ると、

「わかってる」

豪助はまだ暗い裏庭へと出て、植えてある葱を採ってきた。冬至が近いとなかなか空は白まない。

「こんな時でも朝は来る。飯の支度をしなくては」

豪助は甲斐甲斐しく飯を炊き葱の味噌汁を拵えた。葱の時もそうだったが、おしんの漬けた沢庵を俎板の上に置いてとんとんと音を立てて切りわける。季蔵は料理をする豪助を初めて見た。

「なかなかの手際だな」

感心すると、

「何しろおしん仕込みだからね」

豪助は屈託なく笑って、

「こうして冬至ぜんざいと大根の赤唐辛子煮を届けてくれたってことは、今日の塩梅屋は朝から大忙しになるはずだ。俺と善太はもう大丈夫だから、一休みして備えてくれ。来てくれて本当にありがとう、うれしかった」

追い出すように季蔵を見送ってくれた。


塩梅屋へ戻り小上がりでしばし仮眠した後、季蔵は飯を炊くと塗りの弁当箱に詰めて、冬至ぜんざいと大根の赤唐辛子煮、おしんのところからもとめた沢庵の本漬けを添えた。葱の味噌汁は小鍋で拵える。

――これで豪助や善太ちゃんの朝餉（あさげ）と同じだ――

すぐに番屋へと向かった。

おしんは番屋の土間の柱に縛り付けられていた。土間の奥の板敷からは見張りの番太の鼾（いびき）が聞こえている。

「あら、季蔵さん」

それでもおしんは常と変わらない、にっと笑って細い目が筋になる挨拶をした。

「先ほど豪助と坊やに会ってきました。これは家族と同じ朝餉です」

「あら、まあ、それは、それは――でも、これでは食べることはできないし」

おしんは自分の縄目に目を落とした。

「そうだ。そこに置いておいてください。そのうち、番太のお爺さんも起きるだろうから、半分ずつにして食べますから。お爺さん喜ぶだろうな、塩梅屋さんの朝餉が食べられるんだから。うふふふ」

――しまった、番太の分は忘れていた――

季蔵はひやりとしたが言った当人は平然としている。

「一つ、どうしても聞きたいことがあります」

季蔵は切り出した。

「季蔵さんは料理だけではなく、捕り物にも通じてたんですよね。それであたしへの疑いを晴らしてくださろうとしているんでしょうから、さあ、どうぞ」

おしんの目は筋から細目に直っている。作り笑いはもうしていなかった。

「沢庵屋夏越しのお佐和さんとはどのようなつきあいでしたか？」

季蔵はずばりと訊いた。

「どのような？っていっても、お佐和さんところの夏越し大根は最高。あたしも買ってました。漬物茶屋のうちじゃ、本漬け沢庵の他にいろんな種類を漬けるから、とても夏越しまでは手が回らなくて。でもこのところはお佐和さんの店の夏越しがたいした人気でうちもやってみようかって思ったんですよ、ただそれだけのこと。幸いばったり道で会ったお佐和さんにそのことを伝えて、〝あんたんとこのコツのコツを教えてよ〟って話しかけたら、〝いいですよ、でもコツのコツなんてあるのかしら？　いつもお客さんたちに訊かれて応えてる通りのことしかありません。それでよかったらいつでも店に来てください〟って、笑顔で言ってくれて、これは絶対コツのコツを隠してるって思いました。何としてでも訊き出したい。それで一昨日、夕刻にお店を訪ねたんですよ。夕刻の方があちらも仕事がきりになっていいはずですし。そしたら店の奥の座敷にあったのは若い男の骸、お佐和さんはいませんでした。あたしは心の臓が止まるほど驚いて家に逃げ帰っただけなのにこんなことに――。お佐和さんまで道端で骸になってて、あたしの組紐が首に巻き付いてたなんて知らされて、正直、何が何だかわからないんです」

おしんは最後の一言とは裏腹に淡々とした物言いで語った。

――こんな風に理路整然と話してはますます疑われるだろう。夏越し大根の作り方を名人お佐和に習いに行ったなどと言えば、たとえ本当でもかえって口実にしていると怪しまれる。しかしこれが常のおしんさんなのだから仕方ないな――

そこで季蔵は訊き方を変えた。

「おしんさんはお佐和さんをどう思っていました？」

「どうって、皆が言ってるように沢庵屋にしておくのが勿体ないような女ですよ」

「おしんさん自身はどう思われるんです？」

「あたしと違って欲のない人だと思う。普通、あれだけ売れる夏越し沢庵の極意なんて教えちゃくれませんからね。だからあたしも駄目で元々だと思って頼んでみたんです。ばったり会わなきゃ、頼みはしなかったでしょう。何事もやってみるもんだとつくづく思いました」

「お佐和さんの欲がないのは何でだと思います？」

季蔵はそこを掘り下げた。

「まさか、季蔵さんまでお佐和さんがそこそこ器量好しだから、欲がなかっただなんて言うんじゃないでしょうね」

おしんは細い目を剝いた。

「おしんさんはそう思っていないようですね」

「ま、これはあたしの勘ですけど欲のない人なんていない。あの女には別の欲があったんじゃないかと。どんな欲かまではわからないけれど――」

季蔵はおしんから離れた一隅にある二枚の筵に目を留めた。佐和と若い男の骸であった。季蔵はそっと近づいて手を合わせ、筵を持ち上げた。骸二体は整った顔立ちが偲ばれる大年増と、まだ少年と言っても通りそうな小柄で華奢な若い男だった。

――男はお佐和さんの家で骸になっていたのだから、お佐和さんとは当然、男女の仲だったかのようだが本当にそうだったのだろうか？――

季蔵は疑問に思った。

――それとこの男はおしんさんの好みではない。だから男をお佐和さんと競ったなどということはあり得ない――

惚れぬいている亭主の豪助とは全く似ていない事実に安堵した。

――しかし、だとしたらどうしてこの男はお佐和さんの家で殺されていたのか？　やはり、お佐和さんと恋仲にあったのだろうか？――

季蔵が堂々巡りをしている自分に苛立ちを感じつつ番屋を出ようとすると、

「ありがとう。うちの人や坊やのことよろしく」

おしんの声がはじめて湿った。

店に戻るとすでに三吉は出てきていて、

「もう、暗いうちから人が並んでる。聞いたら朝飯代わりにするんだって言って、弁当箱に炊き立ての飯、詰めてきてる独り者もいる。冬至ぜんざいと大根の赤唐辛子煮で縁起と力の両方がつくって話、してくれた鳶のおじさんもいた。凄いよ、この熱気」

両手を振って団扇であおぐ仕草をしてみせた。

売り出しは空が完全に白んでからで、一刻（約二時間）もかからずにほぼ半分が売り切れた。おかみさんたちの姿が多くなる昼過ぎには今日の分が完売となった。

近しい人たちの分は前もって重箱に詰めて取り置いてある。お涼のところ、五平、菓子屋の嘉助、薬草園を持つ老舗の薬種問屋良効堂等毎年楽しみにしてくれている人たちへ届ける段取りをつけると、季蔵はやっと一息つくことができた。

「どうぞ」

三吉が甘酒の素で作る甘酒豆腐を脚の付いたギヤマンの器で供してくれた。季蔵はほどよい甘さと甘酒ならではの独特の風味、豆腐のつるりとした食感の優しさで疲れが吹き飛ぶ思いだった。

「冬至ぜんざいと大根の赤唐辛子煮も余らなかったから今日の賄いはこれで」

三吉は盥(たらい)で拵えた甘酒豆腐を指差した。

「おいら、これ、もういやと思えるまで食べてみたかったんだよね」

三吉はギヤマンではなくどんぶり鉢に盛りつけて大匙を手にした。

「ああああ」

三吉がため息をつきながら、大匙の上に載った雪片のような甘酒豆腐を口に運び続けていると、

「邪魔するよ」

松次(まつじ)が戸を開けて二人の前に立った。

五

──松次親分ならおしんさんが巻き込まれた事件についてくわしいはずだ──

「それにしてもねえ」

ため息をついた松次は常のように床几(しょうぎ)に腰を下ろさずに立ったままでいる。

「よりによって、こんなことになっちまって」

三白眼も伏し目がちである。

「まあ、おかけになってください」

季蔵が勧めると遠慮気味に腰掛けた。

「冬至ぜんざいが先ですか、それとも大根の赤唐辛子煮にしますか？」

季蔵は訊いた。

たいていのお客は甘い冬至ぜんざいの後口を大根の赤唐辛子煮で締めるのだが、大の甘党の松次はこの逆である。大根の赤唐辛子煮で辛みを味わった舌はいっそう冬至ぜんざいを甘く感じる。これが醍醐味だと松次は毎年楽しみにしていた。もっともこの時期、塩梅屋に立ち寄る松次は、大根の赤唐辛子煮を菜にして二杯、三杯と飯椀のおかわりを重ねることも多い。その後で冬至ぜんざいをまた二椀ほど、

「こういうのは別腹だよ」

などと言いながら平らげる。

「今日はお一人ですね」

田端の姿がなかった。

「ん、まあ、田端の旦那はあれで結構気にしてるんだよ。心を痛めてるのは俺と一緒だ」

冬至ぜんざいが先か後かの問いには応えず、松次は詫びるような口調になった。

「あのことですね」

季蔵はずばりと告げた。

「やっぱり知ってたか――」

「骸が二体も出たというのにお呼びいただけなかったとは――」

季蔵は恨み言めかして言った。

「まあ、いつもあんたの知恵を借りるってえのはいささか面目が立たねえだろうが――。前の時お愛が握ってたしょくらとをってえのを俺たち、見逃してたし、あんたもあの場で見せちゃくれなかったろ？　恨んでるってわけじゃねえけど、しょくらとをが肝だったんだから肩透かしを食った気にはなったさ」

恨み言で返したものの、松次はまだばつの悪そうな顔で、

「くれぐれも言っとくが骸を視（み）た時はまだ、調べなんてしてねえから、毛ほども何にもわかっちゃいなかったんだぜ。知っててあんたを呼ばなかったんじゃねえ、こいつは信じてもらいてえ」

言い訳をした。

「もちろん信じます」

殺されたお佐和と若い男について知りたい季蔵は微笑んで、

「それより、召し上がらないのですか？」

注文を促すと、

「今日は遠慮しとくよ。毎年の縁起物だから田端の旦那がいないとこではちょいと気が引

ける」

「それでは後ほど、田端様のところまでお重でお届けします」

田端は肴にもなる大根の赤唐辛子煮にさえも手を付けず冷や酒を呷り続けるものの、家族たちは冬至ぜんざいとの組み合わせのお重を例年待ち受けている。訪れた時、手渡すのが常だったが、松次から事情を聞いた季蔵は手早く、田端家と松次の分を別々に詰め合わせて、三吉に届けてくれる者を頼みに行かせた。

——いずれは瓦版屋が騒いで三吉も知るだろうが、それまでは何も知らない方がいい——

「そうかい、そうしてくれると有難い」

三吉を見送った松次は、

「あんたの弟分の船頭豪助のかかあで、漬物茶屋の女将おしんが関わってるかもしんねえってわかった時は、ほんと驚いたぜ。この年の瀬に来て何ってことだろうってね。あんたも弟分のことだから、さぞかし気が気でねえだろうな」

——親分はわたしが豪助を通しておしんさんのことを何か聞いているのではないかと、探りを入れているのだ——

「坊やのことが案じられたので豪助のところへは行きました。豪助がおしんさんのことを信じていると言い切ったので安堵しました」

季蔵がつい真実を告げると、

「豪助にはおしんが沢庵屋夏越しの女主佐和を沢庵の売れ行きだけじゃなしに、若い男がいるのまで妬(ねた)んでた。ようは自分も若い間男を作りたがっていたと伝えてある。豪助はそうと知ってて、そんな戯言(たわごと)を言ってるのかい？」

松次は忌々しそうに唇をへの字に曲げた。

——ここでわたしが豪助に同調したら親分は間違いなく臍(へそ)を曲げるな——

そこで季蔵は、

「初耳です。坊やもまだ起きていたので子どもの前では言いにくかったのでしょう」

無理のない方便を口にした。

「なるほどな」

得心した松次の表情が幾らか和らいだように見えた。

「甘酒でも如何(いかが)ですか？」

下戸の松次は甘酒が酒代わりであった。

「そうだな」

季蔵は湯呑に甘酒を充(み)たして供した。

「ここの甘酒は何よりだ。とにもかくにもほっと一息つかせてくれる」

満足そうに啜っている松次に、

「甘酒がお好きな親分はこれもイケるはずです」

季蔵は深めの小皿にまだ残っている甘酒豆腐を盛りつけ、木の小匙を添えると松次の目の前に置いた。

「何だい、これは？」

鼻を近づけた松次は、

「こいつは濃い甘酒の匂(にお)いがする。美味そうだ」

一匙、二匙口に運んで、

「こりゃあ、美味(うめ)えや。菓子屋に並ばせたいほどだ」

目を細めて、

「もう一つ頼む」

三吉と同様に忙(せわ)しなく木匙を使った。

――そろそろなのだが――

松次や田端は自分たちの方から市井の事件の解決案を乞(こ)うてくる時に限って、あれこれと話してくれる。だが季蔵の方から訊こうとすると、機嫌のいい時は応えてくれても、時に、二人して目と目を合わせて警戒し、

「まあ、いくら親しい相手にも言えねえこともあるのがこの稼業よ」

などと松次がはぐらかすことがあった。

――しょくらとをで気分を害してしまった今は応えてくれるかどうか――

季蔵が切り出しあぐねていると、

「ところであんた、お佐和の相手でおしんも殺すほど岡惚れしてたってえ、若い男の身元

が知りたかねえかい？」

　松次が横目使いでじろりと見てきた。

　――やはり、あの若い男ももう、すっかりおしんさんが殺したと思われているのか――

　季蔵は気落ちを隠して、

「興味はあります」

「子どもみてえに生っちろい男の名は信太。母親は早くに死んでる。父親は芝神明の筆屋の二代目で一人息子の信太に後を継がせたがってたが、父親とソリが合わず、家業を嫌った信太は悪い仲間とつるむようになって、かっぱらいをやり損ねて寄場行きとなった。そこを出て来てからも父親の元へは戻らず、季節寄せの行商をしていた。お佐和とはそれで知り合っていい仲になったんだろうさ」

　季節寄せとは春は桜草、夏は金魚等の他に盆の飾り物や暮れの正月用品等、四季の移り変わりに添って必要とされるさまざまな品々を売り歩く稼業であった。

「ご近所でお佐和さんとその信太さんが一緒にいるところを見た人がいるのですか？」

　思わず季蔵は訊いた。

　――骸を視た限り、どこがどうというわけではないが不似合いすぎる――

「ところがいねえんだな、一人も。二人が連れ立ってるのはもちろん、話をしているのを見たもんもいねえ。よほど気ぃつけてたんだろうさ」

　松次は首を傾げて、

「まあ、信太はまだ十五歳。お佐和とは年齢が一回り以上も離れてるんだから無理もねえ。互いに想い想われてたって、これじゃ母親と倅だもんな。さすがに人目は憚ったろうよ」

と続け、

「弟分から聞いてるだろうがお佐和の首を絞めていた組紐はおしんのものに間違いねえ。おしん自身も注文を受けた小間物屋の主も認めてる。お愛と加平の時とは、男女がばらばらに死んでるのは同じだが派手な催しやお大尽の悪党が関わってるわけじゃなし、これはもうあっさりおしんが下手人ってことに落ち着くだろうさ」

小声ではあったがきっぱりと言い切った。

——それでも動かぬ証は組紐しかない。ということはかなり困難とはいえ、この証さえひっくり返せれば何とかなる——

そんな季蔵の思惑に気づいているはずもない松次は、

「だから問題はおしんの様子だよ、様子。あの女の意地や向こうっ気はいい調子に廻っている時はそれなりの押しの強さで通るが、今みてえに罪人と観られてる時はまさに命取りだ。生まれつきの不器量がもとでついつい妬み、嫉みが高じ、咄嗟に想い合っている男と女を手に掛けてしまった。そん時だけ己が己でなくなった、可愛い子どもや亭主のことを忘れちまってたってえことなら、悪いとわかっててやる盗っ人とは違う。お上にも御慈悲はある。何とか打ち首を免れて島送りにしてもらえるかもしれねえんだから」

そこで一度言葉を切った。

六

——何ともうそこまできているのか——。これは急がなくては。といって何をどう調べたものか——

季蔵は松次を見送った後、途方に暮れつつ、ふと思いついて、〝誰でも出来る沢庵漬け〟と題された紙片を取り出して見入った。

お佐和が主であることは知らなかったが、沢庵屋夏越しが配っていて、沢庵好きの客の一人から貰い受けた沢庵の漬け方指南の紙が手元にあった。その客は、

「何ね、夏越しの主は〝塩梅屋さんが安くて美味しい時季の菜や肴の作り方を書いて配っているでしょう？　あの親切さに倣ってみたんですよ。そもそも漬物なんてその気になれば誰だってできるんですから〟なんて言ってたんだよ」

と渡してくれたのだった。

渡された季蔵は今年、練馬から大根を取り寄せて塩梅屋自家製の沢庵を二種拵えた。夏越しの主が書いた通りに試してみたのであった。

たしかに沢庵漬けはそうむずかしい技ではない。だが簡単そうなものほどむずかしいとはこのことで、まずは使う大根は練馬大根に限られる。

沢庵漬けに適している種は尻細大根とも言い、長さは二尺五寸から三尺（約七十五センチから九十センチ）、重さは四百三十匁（一・六一二五キログラム）内外でなければならない。

尻細大根は、首と下部が細く、中央部は太いのでこの名がある。

ともあれ練馬大根は皮が薄く、水分が少ないので乾きやすく、干しあげたとき旨味も残るので、沢庵漬けの原料として最適であった。

今年季蔵はこの練馬大根を取り寄せて漬けてみた。それまではおしんのところのものをもとめていたのだが、〝そもそも漬物なんてその気になれば誰だってできるんですから〟と言いながら配っていたという紙片に料理人魂が吸い寄せられた。それと豪助やおしんにはとても話せなかったが、売り上げを伸ばしていた沢庵屋夏越しは江戸一の沢庵屋との評が多く、季蔵も一度はもとめてみたかった。こちらの沢庵をもとめずにおしんのところをもとめていたのは義理で、客には出さずに三吉との賄い用になっていた。客に出して不評を買い、どこでもとめたのかと聞かれた時、嘘は言えないからであった。そんな季蔵が夏越しの漬け方を知れば、真似て自ら漬けてみたくなるのが道理であった。

お佐和が書いて配った沢庵漬け二種の作り方は以下のようなものである。

まずは一種は本漬けと呼ばれているものである。これは塩漬けの大根で作るので漬け上がりが早く、柔らかな仕上がりになる。

大根は葉を切り落とし表面の細根を取り除く。樽にうっすらと塩を敷きこの大根を並べてさらに塩を振る。押し蓋をして重石を載せて冷暗所に置く。匂いが強くなるので季蔵は裏庭の一角を葦簀で囲って沢庵漬け用の場所をつくった。

だんだん水が上がってくる。二十日ぐらいして大根に被るぐらいまで上がってきたら、大根を取り出して水は捨てる。ここまでが塩漬けの工程である。

ここから漬けが始まる。米糠、塩、ザラメ糖、赤唐辛子、長さ一尺（約三十センチ）ほどに切った昆布を合わせておく。これが沢庵用の糠である。これを樽の底にうっすらと敷き、その上に大根、その上に沢庵用糠と交互に重ねる。最後にこの糠を大根が見えなくなるまで厚く載せ、上から焼酎をかけまわす。押し蓋をして重石を載せて冷暗所に置く。十五日から二十日で食べられる。食べる分だけ取り出し糠を落として切って食べる。春になると外気が暖かくなって傷みやすくなるのでそれまでに食べ切る。

霜月に漬け込んだ本漬けを実は季蔵は客たちに振る舞い始めていた。お佐和の指南通りに漬けたせいか、不評はまだ出ていない。ただし、

「ここは沢庵屋夏越しの本漬けを使ってるんだね。いい味なんですぐわかった」

と言われたことはあった。

二種目の夏越しと呼ばれる干した大根を漬ける沢庵漬けも試みていた。塩は夏越し沢庵用の糠にしか使わない。塩漬けにする代わりに大根が皺々になるまで十五日ほど干す。漬けるのは本漬けの漬け方と同じだが、糠はやや多め、塩は約十二倍、ザラメ糖は約四分の一にして夏越し沢庵用の糠を作る。一月ほどで漬かる。春になったら漬け汁を捨てて上から塩を掛けまわしておくと傷みにくい。

お佐和の沢庵屋夏越しでは本漬けだけではなく、この夏越しに絶大な人気があった。本漬けは甘さもあるので菜だけではなく、茶うけにも適しているが左党の軍配はやはり、深

みのある塩味の夏越しの方に上がる。それと夏越しの最大の魅力は食欲の落ちる夏季、湯漬けや芯の入らない握り飯に添えたりできる便利さにあった。

羨んでいたおしんが洩らしていたことも季蔵は聞いて知っていた。教えてくれたのは履物屋の御隠居喜平で、

「沢庵屋夏越しで目当ての夏越しを買って出てきたところを、おしんさんとばったり会っちまった。聞かれなきゃ、買ったもののことは言わなかったんだが、匂うし問い詰められてね、仕方なく白状すると、まあ、こんな毒づき方をしてた。〝飲んべえや節約女房たちが飛びつくとわかってて夏越しなんて店の名、これみよがしにつけちゃって〟だとさ、これはどうかと思うね」

おしんを見知っているがゆえに困惑しきった表情だった。

――あんな中傷めいたことを言い散らしている暇があったら、もっと早くおしんさん自身がお佐和さんに学んで、おしんさんならではの美味しくて長持ちして、夏中食べられる夏越しを拵えてほしかった――

季蔵は松次の打ち首になりたくなければ言葉を慎しむようにとの忠告を思い出した。

――おしんさんのことだからあの調子は変えられないだろう。これはもう何とかして動かぬ証を攻め落とすしかない――

季蔵は店に帰ってきていた三吉と共に明日の仕込みを済ました。その後、常のように客をもてなし終えると、

「今日は早くあがろう。それと明日は少し店に出るのが遅れる。漁師さんのお使いさんが魚を届けに来るので、おまえはいつもより早く出てきてくれ」

三吉を帰して店を閉めた。

それから長屋へと帰るとさすがに疲れが出たのかすぐに眠りについた。そして夜が白みはじめた頃、跳ね起きると沢庵屋夏越しのある下谷へと向かった。

早朝の外気の冷たさが身に沁みた。そもそもが狭い路地の奥にある沢庵屋夏越しは目立たない。頼りは看板だけであったがそれも老舗や大店のように屋根に掲げられてなどいない。今時分道行く者はしじみあさり、納豆等の棒手振りなので教えてくれと声は掛けにくい。

それでもやっと〝沢庵屋夏越し〟と書かれた木札を見つけて駆け寄ると、

「兄貴じゃないか」

何と豪助が空の大八車を曳いて立っている。

「どうして、おまえが?」

季蔵はぽかんとした。

「兄貴がここを調べに来たのはわかってる。俺の方は実はこんな文と手間賃が届いたんだ」

豪助は懐にしまっていた文を季蔵に渡した。

わたしは道端で命を絶たれたとされる佐和の母であさみと言います。早くに夫に死に別れましたが、馬喰町にある旅籠を残してくれたので何とか切り盛りして糊口を凌いできています。そして、わたしの実家は練馬なのでお客様にお出しする沢庵はずっと自分たちで賄ってきました。佐和が沢庵屋夏越しを開いて皆様に沢庵をお売りしてきたのもそれゆえです。何でもお役人様方は漬物茶屋の女将さん、おしんさんが娘や信太さんを手に掛けたと決めつけているようですがそれは違います。断じておしんさんではありません。

お役人様方のお話ですと、おしんさんが下手人だという動かぬ証がおありになるそうですね。それを覆せる証、真の下手人を指す証は漬物樽にあるとわたしは思います。大事なものは一番大事にしているところにあると申しましょう？　戯言と思わずにどうか、佐和が遺した漬物樽を全部当たってみてください。

なお漬物樽は本漬けと夏越しの二種があり、おかげさまで注文が多いので相当数になることと思いますが、佐和はお客様方にお届けする沢庵の見守りに常に全力を注いでおりました。身の危険を感じて下手人の証を隠したであろう樽以外の樽は、どうか、樽の蓋に書かれているはずのお客様方へお届けください。どうか、死してもなお、漬物商いの筋は通したいと思う娘の気持ちに添ってやってください。

今思えば息子に続いて娘まで失い、こんな無謀なことは止めさせることができなかったものかと悔やまれてなりません。

この母の気持ちをお汲み取りの上、何とぞよろしくお願いいたします。

旅籠たび風　あさみ

漬物茶屋みよし　豪助様

「お佐和って女のおっかさんの頼みだし、もしかしたらおしんの疑いも晴れるかもしんねえしな。じっとしてると悪い方にばかり想いが行くんで言われた通りにしてみたんだ。何より、沢庵樽がそのままで客の口に入らず仕舞いだったら供養にもなんねえ。ずけっと減らず口が禍してるおしんだってきっとそう思うだろうしさ」

大八車を裏手に止めた豪助は沢庵屋夏越しの勝手口を開けた。

七

季蔵も豪助に続いた。店は厨と続きの板敷があるだけで手狭だったが小さな蔵が隣り合っている。おそらく元から漬物屋だった貸家をお佐和は選んで借りたのだろう。

二人は蔵の前に立った。錠は掛けられていない。漬物樽ばかりの蔵に押し入る盗賊がいるとは思えなかった。

入ると中は沢庵になる大根の独特な匂いで蒸れている。漬物樽の数はざっと二百ほどで、本漬けと夏越しの種類別に並び、注文主の名が書かれていた。

「これを全部一樽ずつ重石を取って蓋を開けて沢庵の海の中に手を入れて調べるのかよ？

手を洗ってからやるにはやるけど他人様の食い物だからねえ――」

　豪助が当惑気味に呟いた。

「最後はそうなるかもしれないが、まずは重石と蓋を取ろう。全部だよ」

　率先して季蔵は重石と蓋を取り除いていく。豪助も手伝った。独特の匂いがさらに強まっていく。

「鼻が曲がりそうだ」

　とうとう豪助が洩らした。

「漬物茶屋の女将の亭主じゃないか？」

　季蔵の言葉に、

「こいつにはずっと我慢してたんだよ。このところは多少慣れたけどね。おしんの方も一緒になった頃は俺の川臭さが嫌だって、いつも顔を顰めてたけどだんだんそうでもなくなった。夫婦ってそういうもんだよな」

　豪助は応えた。

　重石と蓋を全部取り除いたところで、

「ここからは俺一人でやる」

　季蔵はやにわに漬物樽を持ち上げた。

「俺も手伝うよ」

　慌てて豪助が別の漬物樽を持ち上げようとした。

「いや、一人で全部やった方がいい」

「どうしてだよ」

　豪助は怒った口調になった。

「わかった」

　漬物樽を下ろした季蔵は、

「気が急くあまり説明しないで悪かった。お佐和さんのおっかかさんの言う通り、大切なものを漬物樽に隠していたとしたら、あれだけ沢庵作りに精進していたお佐和さんのことだ、お客さんの注文で漬けた沢庵漬けの樽の中に、隠しているとは思えない」

「だったらおっかかさんの言ってることはやっぱり嘘だとでも？」

「いや、そうではないだろう。ただし注文で受けて漬けた樽とは分けてあるはずだ」

「沢庵の入っていない樽なんてあるのか？」

「樽は深さがある。全部が全部沢庵で詰まっているとは限らない」

「なるほど」

　豪助が両手を打ちあわせた。

「ようは沢庵が入っているように見せかけていて、下には肝心のものが隠してあるっていう寸法だろう？」

「そうだ」

「だったらその区別は兄貴より俺の方ができる。俺は船頭だからね、重さには敏なんだよ。

何せ、舟が重くなりすぎると進まなくなるんだから」

「だったら任せよう。この中で重さが異なる樽を見つけてほしい」

「まあ、見ててくれ」

こうして全て（すべ）の漬物樽を持ち上げ続けた豪助は、中ほど近くにあった一樽と後列の最後から三番目の樽を季蔵の前に運んできて置いた。

「中ほどにあったのはやけに軽く、後ろ近くのはずんと重かった」

二人は手分けしてこれらの漬物樽の中身、沢庵の一段下を調べた。季蔵の方には沢庵の下に枯れ葉が詰め込まれ、鉄箱を隠している。

——鉄箱が沢庵漬けに触れれば沢庵の味は悪くなる。やはり、思った通り沢庵漬けを大事に思っているお佐和さんは、沢庵樽だと見せかけるために鉄気（かなけ）で駄目になる沢庵の数を減らす算段をしていたのだ——

季蔵が見つけた鉄箱の中身は折り畳まれた紙で中は文字が並んでいた。

峨眉山月半輪秋
影入平羌江水流
夜発清渓向三峡
思君不見下渝州

豪助の方の沢庵の下は砂利だった。ここにも別の鉄箱が埋められていて、やはりそれもまた漢字の並びだった。

国破山河在
城春草木深
感時花濺涙
恨別鳥驚心
烽火連三月
家書抵萬金
白頭掻更短
渾欲不勝簪

「何だい？　これはいったい？」

　豪助は首を傾げた。

「これは今の清国（中国）の地に唐という王朝があった千年ぐらい前の天才詩人、李白と杜甫の代表的な漢詩。わたしが見つけたのは李白のもので〝峨眉山月の歌〟だ。李白が船上で詠んだもので、途中の風光明媚さへの誉にも似た感動に故郷を離れる哀しみを重ねている。豪助の方は李白と同時代の漢詩人杜甫のもので〝春望〟。芭蕉の句である〝夏草やつはものどもがゆめのあと〟と同様、無残な人の世の移り変わりの様子を深い感慨を交えて詠んでいる。肝心なのはこれらの書が同じ手によって書かれているということだ。わたしは書にくわしくないがこの筆使いには才が感じられる」

季蔵の指摘に、

「ふーん。でもそれと下手人の動かし難い証とはどうつながるんだい？　おしんの助けになるとは到底思えねえ。ちんぷんかんぷんじゃないかよ」

豪助は鼻を鳴らした。

「だったらこれをもう一度読め」

季蔵は預かっていたお佐和の母あさみの文を豪助に渡した。

「お佐和さんの母親は真相の一部を知っている」

季蔵に言われて豪助は一字一句、じっくりと読み続けて、

「たしかに娘殺しの疑いが掛かっているおしんのことを〝断じておしんさんではありません〟とか、〝真の下手人を指す証は漬物樽にあるとわたしは思います〟とか、〝大事なものは一番大事にしているところにあると申しましょう？〟、〝戯言と思わずにどうか、佐和が遺した漬物樽を全部当たってみてください〟、〝身の危険を感じて下手人の証を隠したであろう樽――〟ともあるな。するとやっぱりこいつらが証なのか？」

自分に言い聞かせるように呟いた。

「だからここを早く元に戻して、鉄箱の中身だったこの二通の書を旅籠たび風に届ければ

必ずや、おしんさんの身の潔白に行き着けると思う」

「わかった‼」

この後二人は大急ぎで蓋と重石を元に戻した後、唐代きっての有名詩人たちの漢詩が書かれた書を携えて旅籠たび風へと向かった。

「俺が懐にしまってる紙、鉄の箱に入ってたとはいっても臭うよ、かなりまだ――」

途中豪助が顔を顰めると、

「そんな匂い気にするものか。おそらく何ものにも代えがたいものなんだろうから」

季蔵はしんみりと洩らした。

旅籠たび風の女将あさみは娘を亡くしてやや窶れ気味ではあったが、仕事着の渋い色の銘仙(めいせん)を着つけていて髪を一糸の乱れなく小さめに結い上げている。瑠璃の世話をしてくれているお涼を思わせる凛(りん)とした気概が感じられた。

豪助と季蔵が名乗ると、

「ご苦労様でした。お待ちしておりました」

暖のとれる火鉢のある客間へと案内してくれた。

「うちでも冬至ぜんざい、いつだったか、塩梅屋さんが配ってくださった作り方で拵えてます。一つ召し上がってください」

あさみは冬至ぜんざいと煎茶に本漬け沢庵を添えて供してくれた。

――大根の赤唐辛子煮の他にもこれに合う口直しがあったのだな――

季蔵は感心しつつ豪助と共にこれらを平らげた。思えば朝餉なしでそろそろ八ツ時（午後二時頃）近かった。

「漬物樽の中にあったのはこれだよ」

豪助は懐の沢庵臭い紙を取り出してあさみに渡した。

「ああ、これは、まあ」

あさみは飛びつくように受け取ると広げた紙に顔が覆われてしまうほどの頬ずりを繰り返した。

「実はこれはお佐和の弟寿太郎の唯一の形見なのです。寿太郎は旅籠に生まれながら幼い頃から書の才が認められていて、先は書の道へ進みたいと申しておりました。師事しておりました書家の先生に、最年少で詩仙李白や詩聖杜甫の漢詩を書くことを許されたほどでした。それでここの跡は姉のお佐和が継ぐことになっていたんです。でも、天下祭りの日、悪夢のような出来事が起きました。祭りを楽しんでいた寿太郎はごろつきに絡まれていた娘さんを助けようとして、何と相手に傷を負わせてしまったんです」

八

そこで頬に伝う涙を指で拭ったあさみは、

「天下祭りは千代田のお城の御門が開けられるのが常でしたが、その年は秋に上様に殊の外大事な慶事がおありになる予定とかで、御門は半日しか開けられず、とにかく市中の取り締まりが厳しかったんです。ですので祭りに喧嘩は付きものという鷹揚さはお役人様方にもなく、皆さん、ぴりぴりしておいででした。娘さんに絡んだごろつきたちは江戸払いになるのは当然でしたが、助けようとした寿太郎まで相手に傷を負わせたという罪で人足寄場送りとなりました。喧嘩両成敗としてどちらも咎めないのが普通なのにこの時は傷ついたごろつきを咎めたのだから、こちらがお咎めなしではまずいという判断でした。こうして寿太郎は慣れない人足寄場で罪を償うことになったんです」

辛そうな面持ちになってふうとため息をついて先を続けた。人足寄場とは無宿人や軽犯罪者の留置だけではなく、道を誤りかけている青少年に就労や技能の大事さを修得させる場でもあった。

「そして柿色に白い水玉模様の寄場着で戻ってきた寿太郎は骸になっていました」

あさみは唇を噛みしめて、

「お戻しくださったお役人様のお話では、持病の喘息が悪化し医者に診せて手を尽くしたが駄目だったということでした。でも、信じられません。あんなに痩せ衰えて、身体中に痣を作っていてとてもわたしの息子だとは思えませんでした。姉のお佐和は寿太郎の書の才をたいそう楽しみに見守っていただけに、〝医者になんて診せてっこない。これは寄場で嬲られた挙句餓死させられたのよ、あたしは絶対、寿太郎をこんな目に遭わせたやつを探し出して仇をとってやる〟と大変な剣幕でした。あの娘が市中に沢庵屋夏越しを開いたのは、夏越し沢庵をもとめるのは女だけではなく、独り身の酒の肴にする男も多かったからです。〝評判が立てば必ずや神様がそいつをあたしのところへ寄越してくださる〟と言っていました」

「信太さんと関わるようになったのはいつからですか？」

「寄場を出た信太さんの方からここへお佐和を訪ねてきました。お佐和が沢庵屋夏越しを切り盛りしていると告げるとそのまま帰りました。寿太郎が今際の際に〝形見のこれを姉さんに渡してほしい、くれぐれも姉さんにだ〟と言って、李白と杜甫の漢詩の書を信太さんに託したんだと後で受け取ったお佐和から聞きました」

「寿太郎さんと信太さんは仲が良かったんですね」

「これは信太さんがお佐和に語った話です。何でも寿太郎は作業の合間に手習いをしていたとのことです。読み書きに優れているとわかると寿太郎は手業とは別に手習いを教える役目を仰せつかり、筆や墨、紙にくわしい信太さんが助手になったんだとか――」

　ちなみに寄場の中には手業場があり、囚われた者たちを大工作業、建具作り、漆塗り、紙漉きや米搗き、油絞り、牡蠣殻灰製造、炭団作り、藁細工作りなどに従事させた。もちろんこれらの作業には賃金が支払われ、三分の一は強制的に積み立てさせて、出所後の糧にさせた。

　――手習いは無料で教えられたのだろうか？――

　気になったのは季蔵だけではなく、

「大工作業や建具作り、漆塗り、紙漉きなんかは教えられるやつを雇ってるんだろう？

ってことは手習いにも雇い賃は払われたんじゃないのかい？」

　豪助が口を挟んだ。

「信太さんの話ではそもそもそれがことの起こりだったそうです。寿太郎には手習いを教える賃金がお上から別途支払われました。また寄場の人たちは読み書きができない人が多かったので、こぞって寿太郎と信太さんに教えを乞いました。それに目を付けたのが丑三(うしぞう)と巳之吉(みのきち)だったそうです。丑三は手習いを希望する人たちから金を取ることを思いついたんです。当初は僅(わず)かずつの銭を集めていたのが、だんだん味をしめて高くせしめるようになり、寿太郎が戒(いまし)めると、〝なんだ、寄場送りになった奴なのにちっとばかり読み書きができて、上手い字を書くぐらいで威張りやがって〟とか、〝余計なことを言ったりしたら承知しないぞ〟と二人は大変な剣幕だったそうです。仕方なく寿太郎と信太さんが自分たちがお上からいただいたものを渡して、これで他の人たちの謝儀にしてほしいと言うと、もちろん二人は受け取り、そのうちにまた、他の人たち各々から結構な銭を脅し取るようになって行ったそうです。まるでごろつきに支配される地獄と化していたのが、この時の寄場だったと信太さんは言っていたそうです」

「何と罪を償う場所で罪がつくられていたとは――」

　季蔵は言葉も無かった。

　あさみは話を続けた。

「それでも寿太郎は怯(ひる)まずにことの道理を丑三と巳之吉に言い続けたとか。二人は寿太郎がお役人に告げ口をするのではないかと警戒するようになり、遂に亡き者にしようとする企みを思いついたのです。飯減らし、無理に力仕事をさせる等の徹底的な寿太郎虐めが始まり、庇おうとした信太さんは〝手を出したらおまえも殺す〟と脅され、熾烈な嬲りが続いて命の火が尽きかけた時、寿太郎が、〝この卑劣さと無念の想いをきっと伝えてくれ〟と言って李白と杜甫の漢詩をしたためたものを信太さんに渡したとのことでした。その時の寿太郎の気持ちを思うとわたしはもう――」

堪えきれずにあさみは顔で両手で覆って、

「寿太郎ばかりか、信太さんやお佐和まで毒牙にかけて――。殺してやりたい、二人とも、この手で」

叫ぶように言った。

「ったくだよ」

豪助も釣られて憤怒の面持ちで拳を握ったが、

「しかし、どうして信太さんとお佐和さんが丑三と巳之吉に殺されたと断言できるのですか？」

季蔵は訊いた。

「それは――これです」

あさみは片袖から文を取り出して季蔵に渡した。

わたしと信太さんの調べははかどっています。信太さんがやっと丑三と巳之吉を見つけました。どうせ、お上に訴えて出たところで取り合ってはくれないこの恨み、信太さんと相談してこれと決めました。いつか、天上で皆で集い合うことができることを祈っています。それまではどうか、おっかさん、身体を大事にしてください。

佐和

おっかさんへ

「お佐和と信太さんは寿太郎を殺した相手を呼び出して果たし合うつもりだったのだと思います」

あさみはきっぱりと言い切って、

「でもその果し合いに負けてしまった。お願いです」

突然あさみはひれ伏した。

「どうか、お佐和と信太さんを手に掛けた相手を探してください。お縄にして打ち首にしてください。そうならなければ皆があまりにも浮かばれません、お願いです」

あさみの頭は畳についたままであった。

季蔵と豪助は旅籠たび凪を出た。

「お佐和さんと信太さんが見つけたというからには、丑三と巳之吉は寄場を出ている。市中にいるとなれば、丑三、巳之吉なんて名乗ってないかもしれない。見つけるのはむずかしい」

季蔵の言葉に、

「たび風の母親は息子や娘たちの仇討ちに懸命だが、俺にはおしんの生き死にが懸かってる。何としてでもそいつらを捕まえなきゃなんねえ」

豪助は歯噛みした。

「だったら、どうしておしんさんの組紐が盗まれたのか？　それを思い出してみろ」

季蔵は強い口調で言った。

「そう言われても――」

「帯締めに使う組紐だから箪笥にしまってあるのじゃないか？」

「だと思う」

「としたら盗っ人が入ったのはおしんさんの部屋だな。その部屋におしんさんの他に入るやつはいないのか？」

季蔵の追及に、

「ああ、そういえば――」

豪助は、

「おしんだって多少の親切心はあるんだよ。それで近所の女たちが洒落て外出したい時、帯締めに使う組紐を只で貸してやってた。帯締めの組紐はいろんな色のがあるから、女隠居からおかみさんたち、娘まで結構皆気軽に借りに来てた。ついでに漬物を買ってってくれることもあったし、茶屋で一服なんて女もいたな。たいていはおしんが居合わせてて貸すんだが、好きに部屋を出入りしてるおちゃっぴいがいたな。たしか隣の長屋に住んでる石工の娘お紀美。うちはまだ娘がいないせいか、おしんの奴、お紀美ちゃん、お紀美ちゃんってそりゃあ、可愛がってる。俺に言わせればお紀美は可愛がられ上手なんだよ」

やっと手掛かりを思い出した。

「それだ」

季蔵は大声を上げて、

「そのお紀美ちゃんのところへ急ごう」

豪助の家の隣だというお紀美の住む長屋へと急いだ。

お紀美は家にいなかった。少し前に呼ばれて出て行ったという。

「木戸を出て右の辻の手前にある稲荷じゃないかしら。友達たちとの溜まり場なのよね、あそこ。だから皆さん、あそこでよくお紀美を見かけるって言うのよ。好きよねえ、あのくらいの年頃は友達と始終つるんでるのがさ」

お紀美の母親はいたって暢気であったが、

「大変だ」

「おうっ」

二人は脱兎のごとく稲荷へと走った。

お堂の裏手にお紀美がいた。ただし首を絞められている。絞めているのは煤けた小袖を着、髷が緩み、顔が日に焼けて黒く目ばかりぎょろついて見える男であった。

「止めろっ」

「こいつぅ」

二人は男に飛び掛かってお紀美の首から両手をひきはがすと、暴れる相手の腕をねじ上げて番屋へと連れて行った。

男の名は巳之吉、寄場でくすねた金を賭場ですってしまい、仕方なく殊勝なふりを装って寺男で糊口を凌いでいたことがわかった。

お佐和殺しを白状した巳之吉は丑三が信太を刺し殺したことも認めた。丑三の今の名は恭平。丑三の方が取り分が多かったせいもあって、それを元手に小間物屋をやっていた。お佐和殺害に使われた組紐がおしんのものであると言い切ったのは、おしんが贔屓にしていた小間物屋はな屋の主恭平であった。

恭平と名乗っていた丑三はお佐和に自分たちが寿太郎を殺したことを知られてしまったとわかったので、お佐和と信太を始末しようと考え、誰かれなしに沢庵屋夏越しへの羨望を屈折した言葉で振りまいていたおしんを嵌めた。

そのために使われたのが小間物買いが好きで始終はな屋に出入りしていて、いつもこづかいに不自由していたお紀美だった。

何の罪も犯していなかったおしんはお解き放ちになり、丑三と巳之吉は殺しの重罪で打ち首となった。

豪助とおしんはお佐和の母親に頼まれた通り、沢庵屋夏越しから預かった本漬けと夏越しを注文主に送り届けるという任を果たした。それを告げに塩梅屋を訪れた豪助は、季蔵がお佐和が配った作り方で仕上げた夏越しだと言って沢庵を勧めると、

「お佐和さんが兄貴みたいに作り方を無欲に配ってたのは、何をさておいても仇討ちだったからなんだろうな」

ぽりぽりといい音を立てながら感慨深く呟いた。

――命を賭してでも仇を討ちたかったお佐和さんと信太さんはこれできっと成仏できるだろう――

季蔵は得心していたが、

「盗みを働いていたことがわかったので捕らえたお紀美を調べていたところひょんなことを言いだした。島送りになるのがどうしても嫌だというので、ならば今までの悪事を正直に話せば考えてやらぬでもないと言って促した。すると天下祭りの日、旅籠たび風の息子寿太郎に喧嘩をさせろと言われて、ごろつきたちと一芝居打った娘は自分だという。おおかた寿太郎と書の良し悪しを競っていた相手が仕組んだのであろうと、当たりをつけて調べたところ、それらしき無役の旗本の両親と書自慢の息子が炙り出された。ところが町方は武家には立ち入れぬ。目付様に折を見てお話ししようと思っていた矢先、一家で石見銀山鼠捕りを飲んで死んでしまった。このような死に方をされてはこちらでは調べられない。

家督はこの一件にはまったく関わりのない遠縁が継いだということだ。これではもう、ごろつきとお紀美に芝居をするよう頼んだ相手を突き止められない。よろず請負人の闇はますます深くなってきた」

烏谷は憤懣やる方ない顔で叩きつけるように言うのだった。

第四話　松ぼっくり焼き

一

何日か前に季蔵は北町奉行 烏谷椋十郎から次のような文を受け取った。

とっておきの食べ物がほしい。わしの菜や肴ではない。失意の日々を送られつつお年を召されたやんごとなき女人への手土産だ。言っておくが瑞千院様ではない。瑞千院様よりずっと年嵩でそちの知らぬお方だ。菓子屋で売られている菓子を持参するのは気が進まない。お年齢なので歯もよろしくなかろうと思う。このお方が抱えてきた悲しみは深い。口にした時だけでもその悲しみを忘れさせてさしあげられるもの——そういう仏への供物のような物を頼む。どうか、よろしく。

烏谷

塩梅屋季蔵殿

これを読んで季蔵の頭にぱっと浮かんだのは先代の長次郎が生きていた頃から作られていた熟柿であった。これは干し柿とは異なる熟れ柿で頃合いの美濃柿をもいで木箱に入れ、古びて継ぎがそこかしこに当たっている座布団数枚で包むように保温して仕上げる。

熟柿は仏が病に苦しむ人たちに与えたとされる伝説の水菓子であり、その名に恥じぬ得も言われぬ美味が市中に知れわたって、幾ら出しても欲しいと言う大尽食通たちの垂涎の的であった。数は限られている。先代はこれを老人たちばかりが余生を送っている太郎兵衛長屋にだけ届けていて、季蔵もその流儀に倣った。そもそも専用の木箱は一つきりだし、座布団の数も決まっていてそうは沢山拵えることはできなかった。もがずにそのままにした柿の実は鳥たちの冬場の糧になる。

季蔵は咄嗟に勝手口を出て離れの裏庭に立った。美濃柿の木を見上げる。冬本番に入った師走ともなれば美濃柿の木は葉が落ち切って裸同然になり果てている。すでに柿の実は影さえもない。

――熟柿の代わりになるものを拵えなければならない――

季蔵は頭を抱えた。

「実に困った」

珍しく弱音を吐きかけた季蔵に、

「ちょっとこれ見てくれない？」

三吉が手控帖を開いた。

そこには餅、赤米、唐芋、南瓜、蜜柑と書かれていた。

「実はおいら、嘉月屋の嘉助旦那といろんなもので変わり甘酒を拵えてみてるんだよ。嘉助旦那、お愛さんのことでずっと元気なかったから、〝おいら、普通の甘酒飽きちゃった。なんかもっとわくわくするような変わった甘酒あったらいいな？〟って言ってみたら、〝そりゃあ、面白い。甘味の違いが確かめられる〟って乗ってくれた。ああ、でも、おいら前から普通のと違う甘酒飲んでみたかったのはほんとだよ」

三吉ははしゃぎ気味に言って、手控帖の次をめくった。各々の仕込み方が書かれていた。

一、餅

鍋に水と餅を入れて火にかけ、餅をとろとろに溶かしてよく混ぜる。ここで指を入れると熱いっと感じるが火傷はしない頃合いに麹を入れる。蓋をして座布団で四方を覆って炬燵で保温する。約三刻（約六時間）で仕上がる。

（旦那の話じゃ、餅で甘酒を拵えてるところもあるらしい）

一、赤米

十倍粥を作り湯を足して同様に保温する。熱すぎる頃合いに麹を入れると麹が死んでしまうので注意。低すぎてももちろん駄目。その後保温。

（綺麗な紫色の甘酒を期待。赤米をおかゆにするのは固さがあるので時がかかった）

一、唐芋

皮ごと小指の先ほどの角切りにしてゆでておく。鍋に入れて少しつぶし、湯を入れて麹の効き目が出る適温に調整する。その後保温。

（焼き芋の要領でじっくり保温すれば甘くなると期待。全部つぶさず芋感を残したのは嘉月屋流？）

一、南瓜

唐芋とほぼ同じ。しっかりつぶす。

（黄色い甘酒ができたら面白そう。もともと甘いからもっと甘くなるのかな。南瓜の方は唐芋とちがってしっかりつぶしたのも嘉月屋流？　焼き芋はあるけど焼き南瓜ってないな。南瓜感て言葉もないし――）

一、蜜柑

皮を剝（む）いて筋を取り房に分け、半分に切り、鍋に入れて湯を注いで混ぜる。適温で麹を入れ保温。

（生で食べたり、お風呂（ふろ）に入れてほかほかさせて食べても美味（おい）しい蜜柑。どうなるのかは見当がつかない。もっと美味しくなるといいな）

そしてさらにその後には三吉の味見語録が続いていた。

一、餅甘酒

文句なく美味しいが喉(のど)がやられるほど甘い。これにはとろとろすぎるせいもある。湯を足して飲むことがお勧め。

一、赤米甘酒

ほんのりと紫色になりすっきりとした甘さ。麹の風味が強いがクセのない味。米粒はかなり残っていてとろみは弱め。米粒を漉(こ)さないと甘酒とはいえないので、赤米甘酒は贅沢(ぜいたく)な甘酒だというのが嘉助旦那の言い分。小さな脚つきのギヤマンの盃(さかずき)に合いそう。

一、唐芋甘酒

とても甘いが唐芋の風味が麹によく合っているので気にならない。つぶさずに残した芋は形が残っているものがあって、食べ応(ごた)えがあって美味しい。おいらが美味しいって飛び上がったら、子どもが好きそうな味だって——。

一、南瓜甘酒

黄色い。これはとても綺麗。とろみは弱め。南瓜の甘味よりも麹の甘味の方が強いがすごく甘いというわけではない。仕込む前の南瓜の方がずっと甘かった。子どもは南瓜好きだがこれはどうかな?

一、蜜柑甘酒

飲んでびっくり。蜜柑の風味や酸味が消えている。甘味をやや感じるだけ。蜜柑の風味や酸味は甘酒に合うかもしれないと言っていた嘉助旦那はがっかりしていた。やってみないとわからないんだね、こういうことは。

「拵えた変わり甘酒の中でおまえの一番はどれだ？」

季蔵の問いに、

「もちろん、唐芋甘酒だよ。つぶさないで残ってた唐芋がそりゃあ、美味しい」

三吉は応えた。

「これからその唐芋甘酒とやらを拵えてくれ」

命じた季蔵は、

――よしっ、これだ――

烏谷の要望に応えられる逸品を思いついていた。それには唐芋甘酒が要る。

そして拵えたのが唐芋甘酒豆腐であった。豆腐とは名ばかりでこれには豆腐はもちいない。溶いて漉した全卵と芋感の残る唐芋甘酒をよく混ぜて、萩焼（はぎやき）の蕎麦猪口（そばちょこ）に入れて蒸し上げる。

「どうだ？」

感想を訊（き）かれた三吉は、

「凄（すご）いっ、おいら唐芋甘酒だけでも絶品だと思ってたけど、これはもっと上だよね。唐芋の残り感がいいっ。旦那さんに教えたらきっとうれしがって悔しがるだろうな」

などと言った。

季蔵は早速この旨を文で烏谷に伝えた。

お口に合うかどうかはわかりませんが、ご依頼いただいた手土産の品を拵えてみました。ついてはそちらへまずお届けいたします。どうか召し上がってみてください。

季蔵

お奉行様

すると応えが返ってきた。

結構、大変結構。わしだけではなく瑠璃もお涼もあの虎吉さえも極楽の味を楽しませてもらった。明日、昼過ぎに立ち寄るゆえ、唐芋甘酒豆腐なるものを頼む。

烏谷

そして翌日、大きく見事な輪島塗の重箱に器ごと六個ほど詰めて蓋をし、相応の風呂敷で包んで待ち受けていると烏谷が訪れた。

「これからお訪ねするお方については途中、おいおい話すことにする」

二人は肩を並べて目的の武家屋敷のある赤坂の方へと歩き始めた。

「大身旗本瑞葉家を存じているか？」

「関ヶ原以来の御大身でたしか石高は八千石——」

武士だった季蔵はこのあたりのことは詳しかった。

「これからお目にかかるお相手は瑞葉家先代の奥方様だ。御生家は京の公家につながる名家だ。瑞葉家に嫁されてからはお康の方様と仰せられた。わしへのお誘いはあちらからだ。どこからか洩れ聞こえくるわしの風聞をお耳にされ、寄る年波にて命の火が尽きるのも近いゆえ、是非とも頼みたいことがあるという文をいただいた」

「なるほど」

「先代の瑞葉高秀殿が亡くなられ、お康の方様は落飾され、康信院様と名を改められた。御嫡男の一秀様は家督を相続され、妻を娶り、二人の男子をあげたが流行病で世を去られた。康信院様は二人のお孫様の成長だけを生き甲斐になさってきたのであろうが、その夢も潰えてしまった」

「お孫様方までお亡くなりになったのですか？」

非運に囚われているかのように次々に後を継いだ家族が死神に攫われる例は他家でもあった。

「いや、二人のうち一人はまだ生きている。ただし、もう家督は継げない。嫡男は謎とも言える死に方をし、次男は賭場でたいそうな借財を負ってしまい、目付の知るところにまでなってしまったからだ。そのお咎めもあって瑞葉家は、いずれ禄を召し上げられるだろう。祖母の康信院様が公家につながる名家の出ゆえ、かろうじて、すぐには召し上げぬのだ。康信院様が身罷られた後の瑞葉家は、公儀のお声掛かりの者が選ばれて跡を継ぐだろう。康信院様だけではなく、瑞葉家にとっても何とも気の毒が過ぎる経緯(いきさつ)と沙汰(さた)ではないか？」

「たしかに」

季蔵は人と家の一生の悲哀をひしと感じた。

二

瑞葉家は武家屋敷が建ち並ぶ赤坂の中ほどにあった。八千石の大身旗本の威風は見事な生垣と並外れて広大な敷地が物語っている。忍冬(すいかずら)の生垣も門を入って迎えてくれる華麗で頼もしい枝ぶりの五葉松も、そしてうっすらと氷が張ったままの大きな池も、庭は隅から隅まで丹念な手入れが行き届いていた。

「これも康信院様のお立場ゆえの配慮であろう」

烏谷はそっと囁(ささや)いた。

「北町奉行烏谷椋十郎様でいらっしゃいますね」

鬢(びん)に白いものが混じっている上女中が出迎えてくれた。凛(りん)とした強い眼差(まなざ)しを向けている。

「いかにも、左様」

烏谷は気圧(けお)されずに顎(あご)で頷(うなず)いた。

なおも上女中は不審そうに季蔵を見た。

「料理人の塩梅屋季蔵と申します。こちらへこれをお届けにまいりました」

季蔵は慌てて重箱を相手に渡し、

「わたくしの創作の品ゆえ、説明するようにとお奉行様に命じられて参じた次第です」

言い添えると、

「わかりました」

上女中はにこりともしなかった。そして、

「沢野小路みやこと申します。康信院様が江戸へ下られる前からずっとお仕えしております。もう、五十年近くになりましょうか——」

そう挨拶した沢野小路みやこは、古びてはいるが垢じみてはいない小袖をきちんと衿を立てて着こなしており、髪も江戸の武家女風ではあったがどこか京の匂いがした。気品への矜持が漂っている。

「どうぞ、こちらへ」

みやこは先に立って中へと入った。

「茶を馳走してくださるとの文でしたが——」

烏谷の目は庭の一角にある茶室の方を見た。

「このところの康信院様は狭い茶室にいると気分がたいそう滅入られるのです。それでわたくしが作法に囚われず、昔は沢山のお客様をお招きになった広い座敷にての点前をなさるようお勧めしたのです。そこは陽当たりもよく幾分、康信院様もお元気になられたかのようにお見受けいたしております。烏谷様に文を差し上げることができるようにさえなられたのですから」

廊下の途中で立ち止まって烏谷の方を振り返った。

「康信院様がいたくご傷心でしたのは、お孫様のご嫡男が亡くなられたゆえですかな」

烏谷がずばりと訊(き)くと、

「そのようなあけすけな物言いは無礼です」

みやこは眉(まゆ)を上げて歩調を早め二人から距離を置いた。そのみやこは何枚も障子(しょうじ)が立て付けられている前で歩を止めた。

「みやこでございます。康信院様、入ってよろしゅうございましょうか？　北町奉行様がおいでです」

みやこの口調に知らずと京訛(きょうなま)りが混じった。

「よろしいですよ。お入りいただいてください」

細くしなやかで穏やかな声が促した。京訛りは全くない。

みやこが大座敷の障子を開けて、二人は康信院と対面した。

「よくおいでになってくださいました」

近くには切られた炉(ろ)で茶釜(ちゃがま)が湯をたぎらせていて、畳の上の一輪挿しには椿(つばき)の侘助(わびすけ)が飾られている。

康信院は白髪と同色の白い小袖姿で裾(すそ)には大小の鶴(つる)が銀糸で彩られていた。

――まるで鶴の家族のようだ。このお方には失ってしまって二度と得ることのできない家族――

季蔵は胸が詰まった。

「康信院様にといただきものをしております。召し上がりもののようですが、わたくしが先に試させていただきます。よろしいでしょうか？」

みやこの言葉に、

「よろしいですよ」

康信院は微笑みながら頷いて、

「もう、ここはよろしいから呼ぶまで待っていなさい」

みやこを下がらせた。

互いの挨拶が済むと、

「無礼講の点前でまいりましょう」

康信院が告げて、大座敷は炉を囲んで康信院と烏谷、季蔵の三人になった。

「みやこはわきまえを知らずきっと無礼な振る舞いもございましたでしょう。失礼がありましたらお詫び申し上げます。けれども、あの者は精一杯このわたくしを守り続けてきてくれたのです。それといただきもののことはどうかお許しください。わたくし一人残っても今までのような暮らしが続けられるようにと、お上は八千石を手当してくださっています。けれども、これはわたくしの出自への配慮にすぎません。正直、早くわたくしに亡くなってほしいのだと思います。実は以前、中元のいただきものに毒が仕込まれていたことがありました。贈ってくださった方に問うたところ、そんなものを贈った覚えはないとおっしゃいました。以来、〝誰が康信院様を亡き者にしようとしているか、わかったものではございませんよ〟とみやこはいただきものに気を張り詰めているのです。本当にすみません」

康信院は二人に向かって丁寧に頭を下げた。

「さすがですな」

烏谷は感心した様子で、

「みやこ殿の辞儀は公家の辞儀ですがあなた様のは武家のものです。この江戸でしっかりと武家、関ヶ原以来の名家瑞葉家の御正室になられたのですね。敬服いたしました」

康信院に倣って辞儀をしたので季蔵もそれに倣った。

「恐れ入ります」

康信院は頭(こうべ)を垂れたままでいる。

「それでは茶菓は後にしてお話を伺わせていただきます」

烏谷は切り出した。

「わたくしは縁あって京から関東に嫁いできましたが、殿様とは早くに死に別れ、家督を継いだ嫡男夫婦にも先立たれました。これは不運でしたが、人の命は天命でもございますので、悲しくはありましたが仕方がない自然の摂理だと思っております」

ここで一度言葉を切った康信院は意を決して先を続けた。

「けれども孫二人のことは違います。わたくしにはどうにも得心がいきません。〝地獄耳とも千里眼とも噂されている、何でも首を突っ込みたがると評判のお奉行様がおいでです。その方に打ち明けてみられてはいかがですか？〟とわたくしに勧めてくれたのはみやこでした。孫の嫡男秀之進は亡くなり、次男の高太郎の不始末で大きく財を失っただけではなく廃嫡を目付様に言い渡されて以来、わたくしは日々茶室に籠って座り続けておりました。利休が体得した究極の茶の心に近づけば、この苦しみを超えることができるかもしれないと思ったのです。でも駄目でした。その前にわたくしの身体の方が力尽きてしまうとみやこに言われました。そして、この地獄から逃れ出るためには秀之進や高太郎をあそこまで追いやった相手を突き止めて、何らかの罰を与えるべきだともみやこは申しました」

言葉を止めた康信院はなぜか季蔵の方を見た。

「みやこさんのお考えに同調されておられませんね」

言ってしまってからはっと気がついた季蔵は、

「申し訳ございません。わきまえもなく」

頭を垂れた。

「その通りです」

言い切る康信院に、

「ならばなぜ、あなた様はわたしを呼ばれたのです？」

烏谷は憮然とした面持ちになった。

「秀之進や高太郎のような目に遭う人たちがこの先ほかに増えてほしくないからです」

康信院はきっぱりと言い放った。

「ということは、康信院様はお孫さんたちを非業な目に遭わせた連中の手掛かりを何かお持ちでいらっしゃいますか？」

烏谷の目がぴかっと光った。

「秀之進の死についてのものならございます。幼い頃から秀之進は文を書くのが得意で、〝今度生まれてくるのなら戯作者の家がいい。いずれ戯作者になれるから〟と申しておりました。わたくしも京での娘時代は源氏物語などに親しんでおりましたので、秀之進とは話が合いました。その秀之進はしばらく屋敷に帰らない日が続いた後、全身傷だらけの瀕死の様子で戻ってきて、三月ほどして亡くなりました。その前に書いた草紙『恋始末』をわたくしに託し、〝お祖母様だけには、なぜそれがしがこうして死んで行かねばならないのかをわかってほしいと思って書きました。瑞葉家の跡は高太郎が継ぐでしょうから、どうか、この『恋始末』は誰にも見せないでください。焼き捨ててくださってもかまいません〟と。読んだわたくしが捨てきれずにいると今度は高太郎があんなことになり、瑞葉家の行く末は決まりました。もう、これをわたくしの胸だけにおさめておく意味はなくなりました」

康信院は毅然とした面持ちで烏谷を見据えた。

三

康信院から渡されて烏谷と季蔵が読んだ『恋始末』は恋に身を焦がす余り、武士の身分を捨てていいとまで思い詰め、悲惨にも破滅していく若者の物語であった。秀之進と思われる主人公は万年青の会で知り合った口入屋松屋の後家お玲に誘われて夢中になってしまう。秀之進はお玲を妻にできないのなら、たとえ大身旗本の家長の座に就いても人生は虚しいばかりだと思い、その想いを相手に伝えるが何回かはぐらかされる。

相手は最初は名家の武家が年上の後家を嫁になどするはずないと固辞するのだが、想いを受け入れ、しかしそのうちにこれは気まぐれの遊びだったと本性を晒す。これでさすがの若者も断念したのだったが、ある日、不思議な食べ物と松ぼっくりが一つ届けられてきた。何と送ってきたのはお玲で以下のような文が添えられていた。そこだけは手跡は女のものであった。

あなた様が熱く想ってくださった証のわたしへの文を五百両でお買い上げください。わたしと愉しまれた恋遊びの対価です。あなた様ほどのお家柄ならば決して高くはない、お支払いいただける金子のはずです。期限は一月。

もしお支払いいただけない場合はこの事実を目付様にあなたからの恋文をもってお報せいたします。

くれぐれも値切ろうなぞとなさいませんように。五百両に一文欠けてもお報せしますゆえ。

このような文をお出ししているのはあなた様だけではありません。そして、皆様、それぞれご自身の、いえ、お家の命運に肝を冷やされておいでです。わたしどもはあなた様やお家に対する目付様のご処断を、すぐに皆様のお耳にお入れできます。すると皆様の肝はますます冷えてわたしどもに従うしかないと払われることでしょう。この効果だけでも充分商いになるのです。

それから今後のやりとりは池之端(いけのはた)にある茶屋清風(せいふう)でお願いします。

よろしくご善処くださいますよう。

松屋　玲

「ここにある文は、もしや本当に送られてきたものではありませんか?」

思わず季蔵は念を押していた。

――言葉は丁寧だが冷酷な押しの強さは草紙の中の人物とは思えない生々しさだ――

「ええ、その通りです。そこだけはどうしても創(つく)れなかったと当人が申しておりました。送られてきた文を捨てることもできなかったとも、それから松屋お玲という名も秀之進の相手が名乗っていたものです」

康信院は大きく頷いた。

「はて、市中の口入屋に松屋などという店はあったかな？」

烏谷は首を傾げた。

「ございません。けれども松屋もお玲も見つけられないとわかったのは何もかも仕舞いになった後でした。秀之進の死後、高太郎が調べたのですが、お玲を入会させた万年青の会の方々でさえも、どなたもご存じなく正体を知らなかったのです」

康信院は唇を噛んだ。

ちなみに万年青栽培、観賞は徳川家康が江戸城へ入る時、家臣の中に武士の刀に似た葉を持つ万年青を献上した者がいて、武家社会に広がったと伝えられている。瑞葉家では代々、市中に続いてきた万年青の会の相談役として深く関わっていた。

烏谷と季蔵は『恋始末』の先を読んだ。

あんな文が送られてきたことに怒りと絶望を感じた主人公である秀之進は清風へ出向いて、お玲に対価要求への憤怒と不満をぶつける。すると、お玲はうっすら笑っただけで何も言わずに姿を消し、主人公は帰り道、ごろつきたちに襲われて半死半生の目に遭い、命からがら屋敷へと戻る。傷が五臓六腑に及んだこともさることながら、想い想われたと信じていた相手に手痛く裏切られた心の痛みに深く蝕まれて、加療の甲斐なく主人公は死んだ。

「この時、お孫様の恋文はお目付様の手に渡ったのですか？」

季蔵は訊いた。

「ええ」

康信院は目を伏せて、

「お目付様直々に秀之進の見舞いも兼ねておいでになりました。秀之進の手だとわかる恋文の束もお見せになりました。〝公家につながる御祖母上がおいでの上、ご当主が重い病を得ていることもあり、沙汰はしばし見合わすこととする。しかし、このようなことが度重なってはご当家の大事になることだけは肝に銘じよ〟とおっしゃいました」

「そして一度あったことがまた起きたわけですな」

烏谷は康信院に先を促した。

「廃嫡になった高太郎のことでございますね。高太郎は常に兄の秀之進を立てていました。身体も兄より大きく風邪一つ引いたこともなく頑健そのもので、剣術等の武術にも秀でていました。だからといって学問にも才がなかったわけではないのです。それでも高太郎は次男という立場をわきまえておりました。それがこの家における自分の役割だと思っていたのでしょう。兄思いの優しい子でした。ですから、秀之進が亡くなった後、どうして兄が死ななければならなかったのかと、茶屋の清風の主に談判し、居場所を教えてもらい、松屋やお玲を見つけて仕返しをするのだと意気込んでおりました。正直わたくしは案じました」

そこで康信院は一つ大きなため息をついてから先を続けた。

「そして案じていた以上のことが起きました。またしても不思議な食べ物と松ぼっくりが一つ届いて、きっと文も添えられていたのでしょうが、高太郎宛でしたので見せてはくれませんでした。その後、ご公儀へ高太郎を跡継ぎとする届けをする何日か前、高太郎はこの屋敷からいなくなってしまったのです。さらに何日かしてまた、お目付様がおいでになりました。〝瑞葉高太郎は賭博で五百両を失った上、刃傷沙汰に及んで多数の町人を殺傷した。よって廃嫡を申し渡す〟とのことでした。わたくしは言葉もございませんでした」

「高太郎様はその後――」

「わたくしには合わす顔がなく、会いたくないということでした。なのでどうして、あの生真面目な高太郎が賭場になど出向いたのかさえわかりかねます。でも、あの不思議な食べ物と松ぼっくり、添えられた文と関わってのことに違いありません」

康信院はきっぱりと言い切った。

「高太郎様は今、どうされておられます?」

季蔵は訊いた。

「菩提寺におります。仏門に入るつもりだと当人が申しているとご住職から伺いました」

「いくら八千石の当主の座が叶わなかったとしても、世捨ての仏門とはまた極端な――」

烏谷がふうと吐息を洩らすと、

「実を申しますと高太郎は瑞葉家の当主になりたくないとわたくしに申しておりました。そのような器でもないし、任も負いかねると言うのです。届け出の日が近づくにつれて窶れてきたようにも見受けられました。高太郎は秀之進に勝るとも劣らない器量でしたので、何であのようなことを口にするのかと、わたくしはただただ不審でした」

康信院はしきりと首を傾げた。

「二回も届けられてきた不思議な食べ物と松ぼっくりのことなのですが、どなたか、その不思議な食べ物を召し上がりましたか？」

季蔵は文と一緒に凶事をもたらした不思議な食べ物の正体を知りたかった。

――この不思議な食べ物から松屋、お玲に行き着けるかもしれない――

「秀之進も高太郎もすぐに捨てようとしましたが、みやこが口にしました。毒見です。どんなものだったか、わたくしは見てはおりませんのでどうか、みやこに訊いてください」

康信院が応えて、待ちかねていた様子のみやこが部屋に入ってきた。

「お呼びになりましたか？」

間延びした京風の物言いで障子を開けて入ってきたみやこに、康信院はあの時の不思議な食べ物と松ぼっくりのことを話すようにと促した。

「食べ物は毒こそ入ってはおりませんでしたが、何とも不思議なものでした。長崎においでになったお方が学ばれて作られたという、うどんの種を掌大に丸く平たく固めて焼き上げたようなものの横に深く包丁が入り、中には溶けた牛酪（バター）が塗られていて、晒し葱と魚の刺身、前のは夏でしたので鱸、冬の二回目は鰤が挟んでありました。掌大の焼いたうどん種は面白い歯応えでなかなかでした。なぜか魚のお刺身とも合っていて、決して不味くはありませんでしたがとにかく不思議で――」

　みやこは暗に美味だったと仄(ほの)めかした。

　――長崎帰りの者が拵えたというからにはうどんの種を掌大に丸く固めて焼き上げたものというのはパンだな。秀之進様を脅して傷つけた送り主のところには石窯(いしがま)があるのだ。パンを焼くには石窯が要るはず――

　季蔵の塩梅屋にも長崎奉行の正室だった瑞千院から贈られた石窯がある。

「ところで掌大のうどん種に挟んであった刺身は大丈夫でしたか？　特に夏は傷(いた)みが案じられますが――」

　季蔵は気になった。

「あら、それなら大丈夫。挟んであったのはただのお刺身ではございませんでしたから」

　みやこは口元を緩ませた。

四

「あのお刺身は燻(いぶ)されておりました。わたくしは一口食べてわかりました。わざわざ松ぼっくりなどお添えにならずともわかりました。あのお刺身の鱸と鰤には松ぼっくりの匂(にお)いがついていたのです。海から離れた京で松ぼっくりを拾ってとっておくのは、やや古くなった魚の刺身や蒲鉾(かまぼこ)を、一緒に蒸し燻しに仕上げて独特の風味を加えて食するためです。わが家でも松ぼっくり拾いは幼かったわたくしの役目でした。木切れで本格的に燻すよりも時もかからず簡単です。ただし少量しか燻せないので宴(うたげ)の料理には不向きです。残り物を美味しく食べる知恵とも言えます」

みやこの説明を聞いていた康信院は、

「それを、作って味わっていただければ、松屋やお玲の手掛かりが摑めるのでしょうか？」

必死な目で烏谷を見た。

「そうですな。行き着かずといえども遠からずでしょう」

みやこの説明で食通の舌が刺激されたのか、烏谷はごくりと生唾を飲み込み、唇を舐めた。

「それではみやこ、作ってさしあげてください」

「石窯が要りますよ、それから牛酪も買い置きがないと、豆腐もあった方が――」

季蔵が案じると、

「石窯ならあまり使っておりませんが、亡き殿が長崎に注文して作らせたものがございます。牛酪の方はやはり殿が精がつくからと薬として口にしていて、勧められたわたくしも安房から取り寄せて切らさずにおります。豆腐は毎日もとめます。ご心配ございません」

康信院が応えて、

「それでは早速――」

烏谷は季蔵の方に顎をしゃくり、

「わたしがお手伝いさせていただきます」

季蔵は立ち上がった。

　こうして季蔵はみやこと一緒に瑞葉家の厨で松ぼっくりを使った、不思議な食べ物を拵えることになった。

　まずは石窯の埃を払って使えるようにした。

「あら、うどん種には小麦粉が要るのでしょう？　切らしてしまっています、困りました。米粉ならございますが」

　みやこが眉を寄せると、

「それでは米粉を代わりに使いましょう。何とかなります」

　米粉と豆腐、水、塩は大鉢でよく混ぜてから、掌大に平たく丸めて石窯に入れられた。香ばしさを狙って上に炒り胡麻を振り、焦げないように注意して焼き上げていく。冷めたところで包丁を横からぎりぎりまで深く入れようとすると、

「横に二つ切りにしてしまった方が中身を挟みやすいのでは？」

　みやこは言ったが、

「それはそうですが、あなた様がご覧になって食された不思議な食べ物をそっくりそのまま拵えてみたいのです」

　季蔵は巧みに包丁を使い、ぎりぎりまで切り込んだ。牛酪を溶かして包丁の入った両面に染み込ませておく。

　さて次はいよいよ松ぼっくり蒸しである。

「お得意のこちらはお願いします」

「わかりました。任せておいてください」

応えたみやこは、

「ちょうど今日は昨日の鯛の刺身が余っています。康信院様はこのところ食が細くなってあまり召し上がらないのです」

案じるため息をついた。

「これなら燻りの強い風味が付きますから、康信院様も食が進まれるかもしれませんよ」

季蔵の言葉に、

「そうですよね」

みやこの目が輝いた。

「わたくし、康信院様のためにきっと美味しい燻し鯛を作ってみせます」

こうしてみやこは季蔵の知らなかった松ぼっくりの燻し鯛刺身を作り始めた。

まず松ぼっくりありきである。みやこが拾って、洗って干しあげておいたものを使う。松ぼっくりの鱗片は雨が降ってまわりが湿っていると中の種が出ないように閉じてしまい、乾燥した日は種を飛ばすために開く。種は油分を多く含んでいるので鱗片が開いていないと火が付きにくい。拾った松ぼっくりはからからに乾かしておかねばならない。

燻しには平たい蓋付きの鍋が使われる。ここに塩を振った鯛の刺身を重ならないように並べるのだが、松ぼっくりを置く隙間は広く空けておく。

「炭ばさみ、よく洗ってきてください」

みやこに命じられた季蔵は炭小屋へ走り、炭ばさみを手にすると井戸端で洗い清めた。

厨に戻るとすでにみやこは七輪に火を熾していた。季蔵から受け取った炭ばさみで松ぼっくりの端を摑むと七輪の強火で炙った。松ぼっくり全体が真っ赤になったら、鯛が並んでいる鍋の隙間に置き素早く蓋をする。

「鍋の中では今、松ぼっくりからの煙がもくもく広がっているはずですよ。このまま、六百は数えないと」

季蔵が六百まで数え終えるとみやこは蓋を開けた。鍋の中の煙はおさまっている。燻された鯛の刺身が取り出された。

「康信院様のお好みを考えてここまでにいたしました。燻しの香りが物足りなかったらまた、真っ赤に熱して同じように煙で燻すとさらに風味が強くなるのですよ。独特のこの匂いがお好きな方は二度、三度と——。松ぼっくりは全体が真っ黒になるまで使い続けられます。松ぼっくりはとにかく油が多いので」

みやこの説明を聞いていた季蔵は、はっと閃いた。鯛の刺身に用いた松ぼっくりはまだ炭のようにはなっていない。

「七輪に火も熾きていることですし、これだけで仕舞いにするのはこの松ぼっくりに申し訳ない気がします」

燻し鯛刺身が冷めるのを待つ間、鯛の刺身ではない別のものに香りを移すことを思いついた。

「クルミはありませんか？」

季蔵の問いに、

「氷室にございますけど――」

みやこは不審そうに応えた。

「松ぼっくりの風味を移してみたいので幾つかいただけませんか？」

「差し上げるのはかまいませんが、あのクルミに松ぼっくりねえ――」

首を傾げながらもみやこは勝手口を出て氷室へと降りると、信濃の行商人からまとめ買いしてあるオニグルミ一摑みを笊に入れて持ってきてくれた。

「割るには金槌が要りますね」

季蔵は庭の道具部屋へと走った。

昔から食用とされてきたオニグルミではあったが、非常に殻が硬く簡単には割れないため、その都度金槌が使われる。

季蔵はこうして取り出したクルミを水に軽く浸して塩少々を振った。鯛の刺身と同じ要領で火の玉にした松ぼっくりを使って鍋の中で燻してみた。クルミは油分の塊なので松ぼっくりからの引火に注意する必要がある。鍋の中ではできるだけクルミと松ぼっくりを離した。

クルミにはなかなか風味が移りにくいように思えたので、みやこが教えてくれたように松ぼっくりが真っ黒になるまで繰り返した。できあがったクルミを試食したみやこは、

「面白い変わった味になりましたが不味くはございません」

神妙な顔で後を続けた。

「ただのクルミですと潰して当たって和え物に使ったり、そのままお茶請けにいたしますけれど、これは殿方の良き召し上がり物ですね」

燻し鯛刺身はとっくに冷めている。晒した白髪葱はすでに水気が拭き取られて準備されていた。中に溶かした牛酪を塗り込んである、米粉をうどん種代わりにして焼いた、ようはパンの一種に、たっぷりの白髪葱と燻し鯛刺身を挟んで仕上げた。

これを二人分、平皿に盛りつけ、先ほどの燻しクルミを添えて供することにした。

みやこは箸を用意しようとしたが季蔵が止めた。

「これは握り飯のように手で掴んで食するものだと思います」

待ち受けていた烏谷は、

「何とも、何とも不思議な様子の食べ物ですな」

すぐに手にしてガブリと噛みついた。もう一方の手で燻しクルミも口に入れる。

「鯛の燻しのパン挟みとクルミの燻し、これはたいそうな燻し料理ですよ。康信院様も召し上がるとよろしい」

康信院にも勧めた。

「でも、これは――」

咄嗟にみやこは凶事を運んできた代物だと言いかけたが、

「よろしいのですよ、わかっています。わかっていてわたくしは食します。食せば敵を食ってしまえる、決して負けない気がしてまいりましたから」

康信院は言い切った。

そして、烏谷を真似て右手と左手の両方を使って豪快に食べ始めると、

「ああ、これにはたぶん――」

一瞬食べるのを止めた。

「みやこ、あれを持っておいでなさい。きっとお奉行様もお喜びです」

「あれ？　ああ、あれですね。わかりました」

みやこはたとえ自分を励ましての無理やりではあっても、康信院の食べっぷりに安堵したのか、明るい目になってその場から下がっていった。

五

脚付きのギヤマンに赤い酒が注がれてきた。お愛の死を悼む嘉月屋の嘉助に振る舞われたことのある葡萄酒であった。

「この食べ物にはこの御酒が合うような気がいたしまして。このギヤマンは亡くなった夫が嫁いできたばかりのわたくしのために、葡萄酒と一緒に知人を通じて密かに取り寄せてくれたものです。夫はその頃、蘇（チーズ）にも凝っていました」

康信院は手ずから葡萄酒入りのギヤマンを取って烏谷に渡した。葡萄酒を啜って、燻し

鯛のパン挟みとクルミを食した烏谷は、次にまた葡萄酒を口に含んで、

「美味いっ」

歓声を上げて、

「こんなに複雑でコクのある、うわーっと別の世界が開けてくるような食べ物に出会ったのは初めてです。いやはや、結構、結構」

満面笑み崩れた。

「それではまだ葡萄酒は残りがございますので、どうかお持ち帰りください。宿敵お玲という女はこの不思議な食べ物だけではなく、葡萄酒も供していたのではないかとわたくし思えてきました」

康信院は沈み気味の灰色に近い目を一瞬きらっと光らせた。

最後に季蔵は、

「高太郎様にお目にかかって、詳しい話を伺ってみます。兄上様に死をもたらし、こちらのお家をも破滅させかけている憎き敵の手掛かりになることなら、康信院様には話せずとも、その助けになろうとしているわたしたちにはお洩らしいただけるかもしれません。ところで、わたしは料理人です。高太郎様のお好きな物を教えていただけませんでしょうか？」

「そうですね」

康信院は一瞬言い淀んで、

「後でお店の方へ文で報せます」

目を伏せてしまった。

翌々日、瑞葉家より文が届いた。

先日はお運びいただきありがとうございました。頂いた唐芋甘酒豆腐はとても美味でした。あの不思議な食べ物や葡萄酒がきらきらした美味しさなら、こちらにはしっとりした落ち着いた冬景色のような味わい深さがあります。

さて、高太郎の好物とのことですが、それはお酒の肴です。あの場で申し上げられなかったのは高太郎が博打(ばくち)で借金を背負った上、あるまじき殺傷沙汰を起こしたのは秀之進よりもお酒に弱いのに、お酒をしたたか飲んでしまったからです。そのことをあの場では申し上げにくくて——。

高太郎は下戸というわけではございませんが、好きなのはお酒ではなくて肴の方なのです。よろしくお願い申し上げます。

康信

塩梅屋季蔵殿

——なるほど、そういうことだったのか——

合点した季蔵は、

「松ぼっくりの支度はできているか？」

三吉に念をおした。

松ぼっくりを使った燻しの手軽さ、旨さをみやこに教えられた季蔵は三吉に指示し、松ぼっくりを拾って来させて、洗ってからからになるまで干し上げさせていた。

「とうとうこいつの出番だね」

三吉は籠に盛られた松ぼっくりを見た。

「漬けてある干し柿を出してくれ」

次に季蔵は漬け干し柿の甕を出させた。

「いくら鳥たちだって枝に残った美濃柿の実、全部は食べられないわよ。腐って土に落ちちゃうのは勿体ない」

おき玖が言い出して干し柿を拵えはじめていた。今では実だけもぎに訪れて、干し柿作りに想いがある蔵之進と二人で拵えて大量に届けてくれていた。

その大量の干し柿を肴にしようと季蔵は焼酎に漬けることを思い立った。干し柿はそのままでも保ちがいいが焼酎漬けにするとさらに長く保つ。その上、呑み助たちの評判も悪くなかった。

干し柿の焼酎漬けは以下のようにして拵える。

焼酎で内側を綺麗に拭いた蓋付きの甕に干し柿を詰める。漬けると干し柿が膨らむので詰め方にやや余裕を持たせる。ヘタはつけたままの方が盛りつけに工夫ができる。

焼酎を干し柿がヒタヒタに浸るぐらいまで加え、蓋をして冷暗所で保存する。数日後干し柿がふっくらと柔らかくなれば食べられる。切り分けて九谷焼の小皿等に盛りつけると洒落た箸休めになる。

これを季蔵が菓子屋の嘉助に届けたところ、

「何と塩梅屋の新しい熟柿ですね」

などと褒められて照れ臭かったことがあった。

「その漬けた干し柿、どうするの？」

三吉の問いには応えず、

「買い置きしてあるクルミを三、四個割ってくれ。それから土鍋の用意を」

季蔵は指示した。

「鍋を使うなら竈に火を熾さないと」

竈の方へと向かいかけた三吉に、

「竈は使わない、七輪だ」

季蔵は土間に七輪を出した。

「じゃ、おいら、金槌とクルミ取ってくる。おいらクルミ割り、得意中の得意、任しといて」

三吉は金槌と保存してあるクルミを取りに離れへと走って戻ってきて、火の熾きている七輪と土鍋をまじまじと見つめた。

「鍋、火にかけないの？」

三吉は不審に感じた様子で土鍋の蓋を持ち上げると、

「わ、空っぽ、何だよ、これ」

思わず叫んだ。

「今にわかる」

ここで季蔵は焼酎漬けにした干し柿とクルミを鍋に並べた後、みやこに教えられたように七輪の火で火だるまになった松ぼっくりを広く隙間を取って置いて蓋をした。漬け干し柿はこれを二度、クルミの方は松ぼっくりが真っ黒になるまで繰り返した。

こうして燻し漬け干し柿とクルミが出来上がった。

「食べてみてくれ」

季蔵に促されて試食した三吉は、

「うーん、漬け干し柿の方はほんのり燻し、クルミはしっかり燻しだよね。オツな味ってもしかしてこういうのを言うのかな。焼きスルメやくさやなんかが好きなおっとうの酒の肴によさそうだけど、おいらのお八つ代わりにもしたいよ。案外、甘酒なんかにもぴったり合っちゃったりして。お品書きに入れたら？　そん時は松ぼっくり焼きって書いてね。松ぼっくり燻しじゃ、ぴんと来ないもん」

神妙な顔で告げた。

自身も試しに食べた季蔵は、

――干し柿とクルミを一緒に燻すことで、干し柿にクルミの風味が、クルミに干し柿の甘味が移って得も言われぬ面白い肴に仕上がっている。よしっ、これなら肴食いにはうってつけの逸品のはずだ――

一段の重箱にこれらを詰め合わせると、高太郎が身を寄せているという瑞葉家の菩提寺の千秋寺(せんしゅうじ)へと向かった。

開府以来名立たる武家の菩提寺として続いてきた千秋寺は、鎌倉の名刹(めいさつ)建長寺(けんちょうじ)の流れをくむ禅宗の寺である。

そびえ立つ山門を潜(くぐ)って境内に入った季蔵は、一糸の乱れなくというような表現が的確なほど、掃き清められた広大な庭に圧倒された。僧衣姿の若い僧侶(そうりょ)たちが一日中、交替で箒(ほうき)を手にして丹念に庭を整えているのであった。季蔵はそんな僧侶の一人に、

「瑞葉家の康信院様の使いでまいりました。お孫様の高太郎様にお目にかかりたいのですが」

丁重に頭を下げると、

「そのお方なら本堂におられます」

短い応えが返ってきた。

季蔵は本堂へと上がって扉を開けた。

高太郎と思われる目元の涼しい若者が座禅を組んでいた。ただし僧衣は身につけておらず、小袖と袴(はかま)という武士のいでたちで頭も髷(まげ)のままであった。季蔵は先ほどの僧侶に告げ

たのと同じ言葉を繰り返した。すると相手は、

「〝一座の座禅は一座の仏なり、一日の座禅は一日の仏なり、一生の座禅は一生の仏なり〟というのが禅の極意です。御存じかな？」

静かな声で訊いてきた。

「仏への道はそれだけ遠く日々の精進の積み重ねだという意味ではないでしょうか？」

六

季蔵の言葉に、

「あなたはもしや――」

「元は武士でした」

季蔵の生家も禅宗であった。

「でしたら、わたしの懊悩（おうのう）がおわかりでしょう？」

高太郎はまっすぐに邪気の微塵（みじん）も感じられない目を向けてきた。

――康信院様の目に似て純な目だ――

そんな相手の目に操られるかのように、

「ええ、わたしも不始末をした身です」

他人には語ったことのない苦い来し方がさらりと季蔵の口から出た。

「不始末とはあなたに責めがあったのですか？」

「いや――」

「でしたら、わたしとは違います。わたしのことはすでに祖母様からお聞き及びでしょう。どうして後先も考えず、あのようなことを仕出かしてしまったのか、悔やまれてなりません。潔く切腹も考えましたがまだ生のある祖母様が悲しむ上、端葉家を断絶させる因(もと)になったわたしをあの世の兄秀之進や父上、御先祖様が許してくださるとは到底思えません。わたしには行くところがないのです。それでこうして御仏(みほとけ)におすがりしているのですが、すがるだけでは仏心を会得するには遠かろうと、未(いま)だここのご住職様に仏門に入るお許しをいただけていないという体たらくです。そんなわたしにとりたててお話しできることなどありはしません」

　高太郎は目を伏せた。

「それはあなたが実は御仏にすがる気がないからだと思います」

　季蔵が挑発すると、

「そんなことはない」

　上げた高太郎の目が強く怒った。

「それです。その目です。あなたは今に至った顛末(てんまつ)に得心なさっていません。あなたがなさりたいのは兄上様を死なせた憎き相手への仇討(かたきう)ちのはずです。そこを誤魔化して仏門に入りたいなどとは笑止千万です」

　季蔵はきっぱりと言い切った。

「このわたしが酒を我慢できず、賭場でのいかさまに腹が立って思わず刀を抜き、何人かを傷つけてしまったことは事実です。死んだ者もいたという話です。その償いをしなければならないのです」

高太郎は項垂れた。

「でしたら、まずはお兄様のご無念を晴らされてはいかがです？　それが果たせれば懊悩が消えてあなたにはもう償いの心しかなくなる。おのずと仏門への道は開けるのでは？」

「今は仏門帰依の時ではないと？」

「まずは仇討ちありきです。今は料理人ながら元武士のわたしが助太刀いたします」

この言葉は巧まずして季蔵の口から出た。

「わかった」

再び高太郎は強い目になった。今度は怒りではなく輝きが加わった。

「ならば何を話したらいい？」

「お伺いしたいのはあなた様のところに兄上様と同じ不思議な食べ物と松ぼっくり、文が届いた時のことです。どのような文だったのでしょうか？」

「あの文は──」

言いかけて思い出した高太郎の顔は憤怒で真っ赤に染まった。

「あまりに卑劣でけしからん文であった」

「もうお持ちではないでしょう？」

「いや」

高太郎は懐を探ると折り畳んだ文をそのまま季蔵に渡した。

「不思議な食べ物と松ぼっくりは、みやこに始末させたが、どうしてもこれだけは焼き捨てられなかった。唯一の手掛かりだと思っていたからだ。今やわたしは兄上と己の無念を晴らさずには死ねない鬼なのかもしれない」

「拝見いたします」

渡された文の字は秀之進に舞い込んだのと同じ女の手跡で中身は以下のようにあった。

　瑞葉家の家督をお継ぎになるとのことおめでとうございます。実はあなたが剣術道場で親しくしてこられた、勘定方の木村良之助様のことで御一報させていただきました。

　近く木村様が勘定奉行の中島伸嗣様御三女登美枝様との縁談が調うとの吉事を洩れ聞きました。誠におめでたきこととお慶び申し上げます。

　とは申せ吉事が思わぬ凶事に変わるのが世の常です。そこであなた様にお二人の幸せが壊れぬようご尽力いただきたくお便りいたしました。剣術道場にてのあなた様、木村様の世更けてまでの親交は常の弟子間を超えたものだったと同門の方々から聞き及んでおります。

　衆道は秘されてきたもの、家と家の婚姻には御法度です。

　どうかよろしく金五百両をご都合ください。刻限は一月後の戌の日戌の刻、日本橋のいろは稲荷までお持ちください。

お持ちいただけなかった時は木村様、勘定奉行中島様にこの文と同様のものをお届けいたします。

兄上様の時でおわかりでしょうが、こちらの求めに応えられなかった皆様方がどのように身を滅ぼしても、長い目で見ての商いの不利益とはなりませんので、手加減は決していたしません。

どうか、その旨お含みおきください。

松屋　玲

瑞葉高太郎様

「わたしは木村良之助から聞いて中島伸嗣様の御息女登美枝様と婚儀の運びとなったことは知っておりました。中島様が仕事熱心で篤実な性格の良之助を是非わが娘の婿にと望まれたのだと。それはよかった、何よりだとわたしも喜んでいたところでした。ですのでわたしと良之助が特別な間柄であるというのは全くの偽りです。良之助は剣術にもことのほか熱心でしたので、剣術が好きなわたしも意気に感じて上達を願い、夜が更けるまで打ち合っていたこともありましたが、それだけのことです。とはいえ、この脅しを無視することはできませんでした」

「武家は体面を大事にするでしょうから」

「そうです。良之助だけではなく中島様にまで松屋お玲の文が届くようになったら、登美枝様との婚儀が取り止めになり、良之助は生きてはいられなくなるだろうと思いました。辱めに報いるためには腹を切るしかないからです。懸念したわたしは何とかして五百両をつくろうと思いました。良之助の家は無役の旗本で石高は三百石でしたから、とても金子を用意できるわけもなく、それで瑞葉家のわたしが全額支払うしかないと思ったのです。そうはいっても瑞葉家にとっても五百両は大金でした。代々受け継がれてきた骨董の全てを売り払っても間に合うかどうか――。祖母様に言えば困らせるだけですので、自分の胸一つに納めて金子を作ろうとしたのです」

「それが博打ですか？」

「思いつくのは部屋住みの道場友達が〝いいこづかい稼ぎになる〟と言っていた賭場での勝負ぐらいで――。そんなことを考えて道を歩いていると遊び人風の男が近づいてきて、さる大名家の中間たちが下屋敷で賭場を開いている、かなりの額が賭けられて馬鹿稼ぎもできるとわたしに耳打ちしました。そんな見知らぬ相手の言いなりにどうしてなってしまったのか――。気がつくとわたしはその男に勧められて酒を飲んでいました。男はそれからしばしばわたしを酒に誘いました。そして必ず、金が二倍、三倍になる賭場の話をします。そしてとうとうわたしはその男の案内で大名の下屋敷の賭場に踏み込んでしまったのです」

「大名の下屋敷の賭場は中間部屋で秘密裡に行われている上、町方がなかなか取り締まれない悪の巣窟ですよ」

「知りませんでした。男と毎日のように飲むようになったある日、わたしはこっそりと家から百両を持ち出しました。そして、最初は面白いように勝ったのですが、そのうち負け続け、百両を失いました。酒の勢いでさらに勝負した時、奇妙に目が冴えて胴元のいかさまがわかりました。これを見逃せずに声に出すと、周囲のごろつきたちがつかみかかろうとしてきましたので――。酒はまだ残っていてそれからは夢中でした。酒が抜けて気がついた時、ごろつきたちは血を流して倒れていました。駆け付けた役人がわたしの手から刀を奪い取りました。わたしは一度番屋に留め置かれましたが、小伝馬の牢には送られませんでした。瑞葉家の家名と祖母様のおかげで菩提寺預かりとなったのです」

「そして木村様と勘定奉行の中島様のところへ松屋お玲の文が届けられたのですね」

「良之助は中島様から破談の文が来る前に白装束で切腹して果てました。わたしは良之助の仇も討ってやりたいのです」

高太郎はそこに敵でもいるかのようにぎらりと目を光らせて宙を見据えた。

「それとお願いがあります。今も松屋お玲は不思議な食べ物と松ぼっくりに文を添えて、狙った相手を絶望の淵に追いやって破滅させようとしています。これを是非とも食い止めてほしいのです。もう誰にも、兄上やわたし、良之助の轍は踏ませたくありません」

七

「松屋お玲の餌食になろうとしている知り合いがおいでなのですか？」

季蔵は訊いた。

「瑞葉家に行儀見習いとして奉公していた町娘がいました。名はお光。明るくて働き者でおまけに可愛らしい娘でした。実家の青物屋に戻ったのは働きすぎた母親が身体を壊したからです。母親は恢復はしましたが無理をさせてはいけないということで、お光は実家に戻り、両親の手助けをしています。そんなお光が見初められて米屋美国屋の嫁にと望まれました。ところがこのお光の元へまた不思議な食べ物と松ぼっくり、文が届いたのです」

「やはり脅しですね」

「そうです。お光は当家で奉公していた時、誘われて歌舞伎を観に行き、中村菊之丞の凜々しい若武者姿と華麗な女形の変化にすっかり魅せられてしまい、つい恋文を書いてしまっていたのです。これが禍の種となりました」

「松屋お玲にその恋文を売ったのは中村菊之丞ですか？」

「いや、菊之丞には一日に数え切れないほどの恋文が届くと聞いています。当人は読んだり読まなかったりで、お光のそれも他の恋文同様、楽屋の掃除をする下働きが集めて捨てていたのではないかと思います」

――すると売ったのは中村座の下働きか――

「それでお光さんはその恋文をネタに幾ら払えと脅されているのです？」

「三百両。これだけ払わなければ恋文を美国屋に渡して縁談を破談にしてしまうと脅されています。美国屋の主勝五右衛門が知れば烈火のごとく怒り、お光に惚れ込んでいる息子の亮吉もさすがに逆らえないでしょう。そもそもが釣りあわぬ縁の玉の輿潰しなのですから」

　大店の美国屋は米屋の他に青物問屋や海産物問屋などもやっていて、家作もあちこちに所有している。そんな大店の婚姻相手となれば格と富の釣りあい、今後の商いを富ませる相手を望むものであった。

「そんなわけでお光は今、窮地に陥っています。恋文が美国屋の主に渡るようなことがあったらもう仕舞いだからです。そもそもお光を息子が見初めたとわかった時、勝五右衛門はすぐにはその仲を認めてはくれなかったとお光から聞きました。その後、骨身を惜しまずにお光が立ち働く姿を見た勝五右衛門は、その明るい笑顔と気遣いに触れてやっと首を縦に振ったのでした。勝五右衛門が見栄でつくらせた茶室にお光を呼びつけて、辱めるつもりがなかなかの点前とわかり、〝さすがお武家で行儀見習いしてきただけのことはある〟と渋々認めたとも聞いています。うちでの暮らしが多少は役に立ってよかったと、祖母様は自分のことのようにほっと胸を撫でおろしていました」

　――そういえば、他の人たちが松屋のお玲に脅されることを康信院様はたいそう案じておられた。他の人たちというのは、家族ではないが身近な人たちのことでこのお光さんも入っていたのでは？――

「康信院様はお光さんの良縁を知って、そして今はご心配なのでしょう？」

季蔵は康信院の広い優しさに触れたような気がした。

「祖母様もわたし同様なのです。亮吉は父親の勝五右衛門と違って優しい心根の持ち主だと評判です。そんな亮吉のお光への熱い想いでやっとここまで漕ぎつけたのです。ですから、これはもう二人の仲が裂かれるかもしれない大変な難事なのです。何とかしないと——」

高太郎はすがるような目で季蔵を見た。

「わかりました」

大きく頷いた季蔵はその足でお光の青物屋に向かった。

「今日の一番推しは里芋、里芋、その次は人参、人参、大根、大根、牛蒡、牛蒡。はぁーっ、うちの青物は何でも美味しいよぉ、江戸一だよぉ」

お光は大きく掛け声を張っていた。

年の頃は二十歳前でやや擦り切れかけた黄八丈に赤い帯がよく似合っていた。ぱっちりとした目と浅黒くつやのある肌、大きめの口は美人というよりもむしろ生き生きと愛らしい印象を与える。

「高太郎様から、お話を聞くようにと」

季蔵は相手の耳元で囁いた。

「はい、南瓜ですね」

お光は手近にあった南瓜を一つ手にして、

「美味しいですよ」

季蔵に目配せすると、

「おとっつぁん、ちょっとここお願い。瑞葉様のとこのお使いの人に南瓜、あと二つ頼まれたから」

店の奥へと入ろうとした。

すると鬢は黒いのに皺深い顔の父親が、

「茶でもさしあげて瑞葉様の大奥方様のご様子をお聞きしろ。あのお方にはひとかたならぬお世話になったんだから。それにこの間はあんな珍しいお品まで頂戴して――」

と感慨深げに告げた。

「どうぞこちらへ」

お光は奥へと進んだ。季蔵は従う。

「康信院様のお加減がよろしくなってきたことは高太郎様から聞いています。おいでいただいたのはあたしのことですよね」

お光は季蔵にほうじ茶の入った湯呑を渡した。

「おとっつぁんやもう前みたいに働いてほしくないおっかさんには内緒なんです、あんな文が来たの――。よくわからない食べ物や松ぼっくりは瑞葉家のみやこさまがお祝い代わりにくださったってことにしました。あたしはとても喉を通らなくて捨てましたけど、頂いた物は美味しかったって両親は喜んでました。でも、どうしてあたしなんかにあんな脅しが来るのか。やっぱり、釣りあわぬ縁なんでしょうか？　亮吉さんとのこと――」

お光の目からぽろりと涙がこぼれ落ちた。

「でも、もう亮吉さんのお父様があたしとの祝言の日を決めてしまったんで、こちらからお断りするなんてできません。とはいえ、あの文があちらへ行ったら破談になって、青物の元締めは青物問屋の美国屋さんだから、あたしたちはもうここで商いができません。亮吉さんね、あたしをお嫁にしたら、ここに手伝いの小僧さんを置いてくれて、両親が少し楽ができるようにしてくれるって言ってくれてたんです。その夢も泡と消えちゃいます。あたしね、亮吉さんがそうしてくださるんだったら一生、もう何にもねだるまいって思いました。だけどそれも駄目になって、ここから移って、慣れないところで弱ったおっかさん抱えて、一から青物屋をやるしかなくなるんだろうって、今はそう思い詰めてます。でも、その前にもう、亮吉さんには会えないんだってことで、あたし、川に飛び込みたくなる――、ああ、でも、それはいけないのですよね、おとっつぁん、おっかさんを悲しませるだけですから」

涙は堰を切ったように流れ出ている。

「中村菊之丞はまだ大人気のようですが、歌舞伎を観に行ったのは一度きりですか？」

季蔵は何とか手掛かりを得ようとした。

「ううん、何度かは――。文も一通ではないんです。たしか三通ほど出しました。一通百両で三百両だって――」

　お光は涙を両袖で拭うと怯えた目になった。

「その時に何か気づいたことはありませんでしたか？　誰かと会ったとか——」

「ああ、そういえば一度意外な男を見かけました。火消しの達三さんです。意外に思ったのはお客様ではなく楽屋と客席を行ったり来たりしていたからです。一緒だった友達が〝あれ、楽屋使いという下働きよ〟と教えてくれました。へえと思ったのは〝楽屋使い〟と火事場で颯爽と働くいなせな火消しが似合わなかったからです。そして、まだ亮吉さんとは会ってはいませんでしたが、よかったとも思いました。いけませんね、こんな風に思うあたしだからきっとこんな目に遭うんです」

　お光の両目がまた涙で満ちた。

「しっかりして」

　季蔵は叱りつけるように励まして、

「火消しの達三さんの話は手掛かりになります。へえはわかりますが、よかったとは？」

　話を促した。

「あたし、前に達三さんから文を貰ったことがありました。でも、火消しの達三さんはとかく女の人たちとの噂が絶えなかったし、うちの両親を大事にしてくれないだろう粗暴さも気になりました。それで、返事はしなかったのです。達三さんにとって女は遊びの相手なのです。ですからこれは止しておいてよかったという意味です」

「達三さんの住まいはわかりますか？」

「ええ、ここを出て――」

季蔵はお光に教えられた道を歩いて、達三の長屋へ着いた。

木戸で一人の男とすれ違った。背丈があって顔立ちは整っているものの、顔や全体の肉付きがややむくんでいるように見える三十歳ほどの男だった。

井戸端で洗濯をしているおかみさんたちに達三の住処を聞くと、

「へーえ、珍しいねえ。いつも女ばかりなのに」

「男が訪ねてくるなんてさ」

「今、出て行ったあいつがそうだよ」

季蔵はあわてて礼を言って、木戸を走りでた。

八

達三の背中が見えた。達三は意外に鋭い目を左右に配りながら歩き、辻を曲がってすぐの長屋へすいと入る。季蔵は井戸の後ろに隠れた。

「待ってたぜ」

油障子が開き、背丈は達三よりぐんと低いが同じように肥え気味の三十男が迎えた。

「行こう」

井戸の陰からも、達三が懐から摑んで掌の上でちらつかせた小判がきらっと光って見えた。

「こりゃ、また豪勢だな」

相手の男はにっと笑って見惚れ、

「いよいよ、俺にも運が廻ってきたんだな。よかったよ、あんたに声かけてもらって」

追従じみた物言いをした。

二人は木戸を出て歩き出した。季蔵は気づかれぬ距離を保って後を歩いていく。

出合茶屋〝おしの〟の前で二人の足は止まった。出合茶屋は不倫や身分違い、婚前の男女が寄り添う場所である。達三が戸を叩く。

「ここかい？」

相手は頓狂な声を上げたが、すぐに玄関戸が開いて、

「いらっしゃいませ。毎度御贔屓いただいております。今日は山海の珍味をご用意しております」

早速、女将が歓迎の笑みを浮かべた。

「お部屋も特別なものを。どうぞ、どうぞ」

二人を招き入れると、後ろに控えていた下働きの女に、

「ご案内してさしあげて」

と命じた。

――入るにも持ち合わせがない。話を聞くには隣りか縁の下に限るが困った――

季蔵が行きつ戻りつ戸惑っていると、女将が外へと出てきた。周りを見回して明らかに

人を探している様子である。

「塩梅屋さん、季蔵さん」

やや声が張られた。

「烏谷様、お奉行様より頼まれています。中へ入ってください」

罠かもしれない懸念はあったが季蔵は軽く頷いた。

「部屋もお隣にご用意してございます」

女将の言葉に、

――疑ってかかっていては何も知ることができない。ことは急を要するのだ――

季蔵は、

「ありがとうございます」

礼を言って案内を頼んだ。

こうして季蔵は隣の部屋の壁を通して二人の男の話を聞くことができた。

「なになに、さっきの案内の女の話じゃ、この店の〝おしの〟は女将の名じゃなくて、〝おしのび〟なんだって？　憎いねえ。さすが江戸一の出合茶屋だ。鯛尽くしだけでも豪勢なのに、ぼたん（猪）鍋までとはね。酒もぴかぴかの新酒だ。ったく、旨いもん尽くしとはこのことさね」

酔いと浮かれの混じったはしゃぎ様に、

「俺の勧める仕事を受ければ、こういう贅沢が山ほどできる。親方に気に入ってもらえる仕事をすりゃあ、女も小便臭い素人女じゃない、吉原の花魁だって抱ける。仙吉、いいこと尽くめさ」

達三も興奮気味に応えた。もう一人の男は仙吉という名のようだ。

「昔はよかったな。俺もあんたも、特にあんたなんか、火事の時は火事場のてっぺんに立っての纏い持ちをしたもんだった。男が惚れるほど格好よかったから、女たちが騒ぐのも無理はなかった。みーんなあんたに抱かれたがってて、俺は暗闇に紛れてのお裾分けに与ったこともある。あれはあれでよかったんだが――。火消しって奴の大敵は年齢だからねえ。肥えたら身体が思うように動かねえし、そこで無茶をやったら屋根へと飛び乗ったつもりが地べたに落ちちまう。そのまま死んじまえばいいが身体が不自由で生き残るのは辛い。どのみち火事場での手柄は立てられねえんだ。誰もてはやしたりしちゃあくれねえ。火消しのなれの果てはただの役立たずの爺だ。こればっかりはどうにもなんねえ」

仙吉の声がやや陰気に低まると、

「火消しなんぞは若いうちの稼業だよ。世の中は金なんだ」

達三はぴしゃりと決めつけた。

「たしかに」

仙吉も同調した。

「その点あんたに勧めてる仕事は割がいい。物凄くいい。いいかい？　人ってのは身分があるほど人に知られちゃいけねえ秘密ってものを持ってるんだ。たいていが若気の至りで、立場も後先も考えずにぽーっとなって出しちまう恋文だ。女ほどそいつが多いが男の中にも初心なやつにはありがちだ。そいつをちょいといただいて、先行きや立場と交換に売りつけるのはそう悪いことじゃあないと俺は思う。そもそもそいつらが蒔いた種なんだし、多少銭はかかっても先行きを考え合わせれば安いもんだ。ま、安くて二百両だがな」

達三はそう言い切った。

「二百両も？　誰もがその銭を払えるってもんじゃあ、ないだろうが？」

仙吉の声が震えた。

「その時はたいていおめでたい婚儀が取り消しになって当人自らが死ぬ。こっちが手を下しての殺しじゃあないし、それもまた仕方のないことさ」

「死なれちまっちゃ、何のための脅しかわからねえぞ」

「そんなことはない。親方が脅してる連中の数は常にざっと二百件。こいつらに自分で死んだ連中の顛末を文に書いて配る。皆恐れ戦いて多少無理をしてもこっちの文を買う。効き目のある脅しになる。俺の親方は女とはいえ賢いんだ」

「やっぱり女かよ。さすがもてもて達っさんらしいね」

仙吉の口調に揶揄が混じって、

「いっぺんに御馳走ばかし食ったせいか、急に握り飯が食いたくなってきた」

甘えた口調になった。

「だったら、からすみの握り飯でもとってやろう」

達三はぽんぽんと手を鳴らして、女中を呼びつけてからすみの握り飯を注文した。

「いいねえ、からすみの握り飯。極楽の味だろうよ」

「そこらの奴らはこれだからつまらない。本物の極楽の味を知らない」

「そんなのあるのか？」

「ある。親方ならではの腕が冴える、松ぼっくりで拵える格別な極楽味よ。これも仕事の裡(うち)なんだがな」

「今、生唾を呑んだぜ、それほど旨いのか？」

「親方と俺には極楽、他の連中には地獄の味だ。俺と極楽の味は誰にも味わわせられねえ」

「よっ、ご両人」

仙吉ははやした。

「馬鹿っ、畏(おそ)れ多いぞ、そんな言い方は」

仙吉を叱ったものの、達三は満更(まんざら)でもない口調で先を続けた。

「しかし、まあ、とにかく、親方は並みの女じゃねえ。美形ってえのはあそこまで頭が良くて気性が冷たくねえと言わねえもんだとわかったよ。俺は親方に惚(ほ)れてる。仕事でどこぞの大身旗本の跡継ぎの若様を夢中にさせた時は、心底妬(や)けたもんだった。だから、ごろつきと一緒に半殺しになるまで痛めつけろと親方に命じられた時は、本心ではその場ですぐ殺しちまいたかったぜ。はじめて人を痛めつけたんだが、相手の折れた骨の音が聞こえたような気がしたほどすっきりといい気分だった」

「達っさんが惚れたってえんだからたいしたいい女なんだろうな」

「女なんていうなっ、親方なんだぞ、親方と呼べっ、親方と」

「すいません」

「それと俺は親方に会ってからというもの、他のありきたりな女と遊ぶのが、たとえ小町と言われてる相手でも、つくづく面白くなくなった」

「そう言ったって、女たちは入れ替わり立ち替わりよく達っさんを訪ねて来てるぜ」

「あれは噂を集めるためさ。女ってえのはたいした噂好きだからな、売れない瓦版屋(かわらばんや)よりよほどよく知ってる。そのお返しに気が向くと抱いてやるだけだ」

「そっちのお裾分けも昔みたいに頂きたいねえ」

「調子に乗ってもらっては困る。ネタを仕入れてる女の裾分けはなしだ。女とは気が向くと寝るだけと言ったつもりだぜ」

達三は声を荒らげた。

「わかった、わかった。ちょいと言ってみただけさ、老いて独り身で暮らす金が貯(た)まるんなら万事言う通りにするよ」

酔いがまわってきたのか、仙吉は眠そうな声になった。

達三は女中を呼んで、連れのために床をとるように言ってから、出合茶屋〝おしの〟を出て歩き始めた。もちろん季蔵も後を尾行(つけ)ていく。

九

達三の足はしばらくして止まった。ぎいぎいと軋む音をさせて老朽化した門を開け、枯れ果てた草で埋まっている庭へと進んで行く。季蔵は後を追わなかった。枯草を踏む音で相手に気づかれてしまうからだ。

――ここに松屋お玲が住んでいるのか？――

季蔵は門から見える屋敷に目を凝らした。たしかに門は錆びつき庭こそ荒れ果てているものの屋根瓦は新しく朽ちていない。壁の漆喰も新しかった。

「そうさ。松屋お玲の棲み処はここさ」

背後で声が聞こえた。振り返ると自分そっくりの顔の疾風小僧が立っていた。疾風小僧とはさる大名家の縁組と関わって、人気浮世絵師の喜多見国麿の変死した事件以来会っていない。

「先ほどの店でお奉行からの言いつけだと女将に告げていたのはあなたですね」

「ん。でも、まあ、俺はお奉行からあんたを手伝うよう頼まれたんだから、ああ言っといても悪かねえだろ？　それにあんただってあの連中の話は聞けたんだし。それにしても二人ともひどく肉がだぶついてて、達三なんてかつての花形火消しが台無しだったぜ。ああはなりたくないもんさ」

――疾風小僧はもちろん、天井に忍んで一部始終を聞いていたのだろう――

「あなたはあそこの家にも勝手に出入りしている？」

季蔵は訊いた。

「もちろん。でもさ、あれの隠し場所はわからねえんだよ」

「二百以上の文の束ですね」

「ん、お奉行から松屋お玲が隠してる脅しに使う恋文を見つけて焼き捨てろって言われてる。そうでもしないとこの手の脅しは御定法では取り締まれないんだとさ。脅されている人たちはその事実を公にして認めること自体が命取りだろ。破談や身分の剝奪の因なんだから。だから誰もお上に訴えない。多少の痛めつけなんぞは名乗り出たごろつきの仕業でケリがついちまう。大元の松屋お玲には痛くもかゆくもないのさ。その上、お玲はどこにいるのかもわからない。やばくなったらしばらく姿を消して、どこかでまた同じようなことをやればいいし、そのうちにほとぼりが冷めて江戸へ戻ってきて、狙う相手を選んで松屋お玲とは違う名で脅せばいい。これほど悪人に都合のいい稼業はないぜ。手にこそ掛けねえが幸福の絶頂から奈落へと突き落として、自死するほど相手を追い詰めるんだから。盗っ人の俺よりよほど質が悪い」

疾風小僧は吐き出すように言った。

「同感です」

季蔵は大きく頷いた。

「退治しなきゃなんねえのはまず二百以上の文の束だよ。こいつを何とか見つけ出して火あぶりにしねえと――」

「それしかありません」

「どこにあるかの見当はついてる。蔵の長持や箪笥、使われていない火鉢の中も見たが無かった。このところお玲は外に出ない。家の中の自分の部屋に居る。たぶんそこにあるはずだと思う。夜だな。今夜、お玲はある年忘れの会に出向くことになっている。客の中の一人に脅しをかけている相手と関わりのある者がいて、〝何とか値を負けてくれ〟と乞われたら〝絶対負けない〟とさらなる脅しをかけるためだ。この仕掛けは俺がした。亮吉の名で文を出してお玲を年忘会へ招いたのだ。亮吉なら愛するお光からことを打ち明けられてお玲と交渉しようとしてもおかしくはない。その間お玲はこの家にいない。絶好の機会だ」

　こうして疾風小僧に首尾を打ち明けられた季蔵は、一度店に戻って一仕事済ませた後、夜更けてお玲の家まで出向くことになった。

　夜空からちらちらと小雪が降り始めている。飛び跳ねるように見えてきたのは降りが強くなっているからだった。

　季蔵と疾風小僧はお玲の家に入ると奥の部屋へと向かった。障子を開けると季蔵の見たことのない異空間が広がっている。

　ぱっと目に入ったのは畳を覆っている極彩色の絨毯だった。幅が広く奥行きもある棚があり、多数の葡萄酒と多種類の脚つきギヤマンが並んでいた。壁には花や人がいるかのような画がかけられている。きっと絵具は南蛮ものなのだろう。

経机ではない長い脚がついた大きくどっしりした机があり、箱から茶色い粒がこぼれている。「しょくらとを」と季蔵は呟いた。

――密貿易の片棒も担いでいるのだろう――

「あれがお玲だよ」

掛けられている画の中の女は相当な美人だがにこりともしていない。身につけている着物の柄は豪奢な金箔の桜であった。簪は大きく真っ赤な珊瑚でその周りをきらきらと輝く金剛石（ダイヤモンド）が取り巻いている。

――寂しい画だ――

なぜか季蔵はそう思った。

「取り掛かるぞ」

疾風小僧は部屋の中ほどにあった船簞笥の鍵を外しにかかった。

「こいつは得意なんだ」

疾風小僧はまず扉左側の引出しを抜いた。持参した小ぶりで先が平たい錐を鍵が掛かっている扉の隙間に差し込み、引出しと扉を仕切っている縦板を引出し側に押し広げつつ、扉が開くように強く引く。飛び出している鍵芯棒を切断して再び鍵が掛からないようにして完了。

「開いた」

目にも留まらぬ速さであった。

中のものを確かめようとした時、玄関から物音が聞こえた。

「まずいっ」

疾風小僧は手燭を消すと季蔵の肩を押して押し入れへと隠れた。

障子が開いた。

帰ってきたお玲が時を告げる南蛮時計をちらと見て、

「ああ、よかった。間に合ったわ」

安堵のため息を洩らすと丸火鉢に薬缶をかけて煮立たせ、しょくらとをを溶かして啜った。甘い香りが満ちる。

押し入れの隙間から二人はじっと息を潜めてこうした様子を見ている。

お玲の部屋はまだ雨戸がたてられていない。障子が縁側を隔てていてその先は縁先の庭であった。

突然音もなく縁側に続く障子が開いた。

すらりと背の高い女が入ってきた。顔は御高祖頭巾で隠している。

「まあ、大奥総取締役花島様、この雪の中をおいでいただきありがとうございました。大奥の御側室様方にはとかく浮いた話が多いもの、時には当人や富める御実家への懲らしめも必要でございましょう。文の内容にもよりますがなるべくお高く買わせていただきます。珍しいお茶しょくらとをがございます。お召し上がりになりますか？」

お玲が立ち上がって机の上の薬缶を再び火鉢にかけようとした時、

「非情女、成敗っ」

太く通った声と共に背中に隠していた抜き身の脇差が振るわれた。首を刺されてお玲は一声も上げずに倒れた。

花島と呼ばれた女は鍵を開けたばかりの船簞笥を抱きかかえるようにして出て行った。

「やられた」

疾風小僧が飛び出そうとした時、今度は隣室の襖が開いた。

「お玲」

その人物は息を止めたお玲にとりすがって泣いた。やがて、

「どうして、こんなことに。でもこうなる定めだったのかもしれない」

そう呟くと巾着袋を探って赤い紙包を取り出すと呷るように口に入れた。

「まずいっ」

季蔵は止めようと押し入れの襖を開けたがすでに遅かった。

瑞葉家のみやこがお玲の骸の上に折り重なっている。

「今、医者を呼びます。しっかりしてください」

季蔵が話しかけると首を横に振り、巾着袋を指差した。疾風小僧がその中から文をとりだして見せると大きく頷いて息を引き取った。みやこがいざという時のために持ち歩いていた文には以下のようにあった。

　わたくしと松屋お玲こと夏美は母娘です。わたくしは康信院様の御恩情でお仕えしてからこの方、みやことまるで公家の出のような名で通していますが、夫ともども下働きにすぎません。その夫が幕府の御用で京にみえた瑞葉家の当時の殿様、康信院様の舅様に失礼があったことを苦に鴨川に入水いたしました。夏美はお腹の中でした。

　半年ほど経ち、何の因果かやすこ様、康信院様が瑞葉家にお輿入れになることが決まりました。それでわたくしは夏美を実家に預けて、関東に下ることになった康信院様について江戸へ来ることになったのです。それしか生きていく手立てがなかったのです。仕送りは欠かしませんでしたが、年頃になると夏美は出て行ってしまって行方がわからなくなってしまったと母が報せてきました。

　夏美に申し訳ない、不憫なことをしたと思い出すたびに責められる思いでいました。そんなある日、夏美が松屋お玲としてわたくしに会いに来たのです。

　いくら美しく着飾っていても、わたくしは夏美がどのようなことをしているのかすぐわかりました。美しさにも正邪があって、康信院様のものは天性の正、夏美のは邪そのものだったからです。

　けれども、引け目のあるわたくしは説教のひとつもできず、夏美に訊かれるままに瑞葉家の方々のことも話しました。そして秀之進様へ不思議なあの食べ物と松ぼっくりと文が届けられた時、はじめて夏美の狙いが何であるかわかり背筋も凍る想いでした。さすがに止めてほしいと言うと、〝悪いのは父上を自死に追いやった瑞葉家の先々代でしょう？　これぐらいやり返して何が悪いの？　それにこれはたまたま仕返しを兼ねてやってるだけで、あたし、この仕事がとっても気に入ってるのよね〟と言い返されました。以来わたくしは亡くなられた秀之進様、廃嫡になってしまわれた高太郎様、そして心を深く痛められている康信院様に日々手を合わせ続けておりました。

そして、夏美の罪は母親としていたらなかったわたくしの罪として償おうと決めていました。夏美が死ぬ時はわたくしの死ぬ時です。

最後に康信院様、本当に本当に申しわけございませんでした。

みやこ

康信院様

「これは――」

季蔵は絨毯に落ちている古びた守り袋を見つけた。中を開くと瑞葉高太郎という名が書かれた札が入っていた。

「それより仕事が先さ」

そう言って、疾風小僧はこれを取り上げ、袖に入れると、お玲が座っていた木製の椅子の隙間に、平たい錐を差し入れて蓋をぐいと押し上げた。

「御高祖頭巾の大女さん、残念でした」

二百通以上の恋文はここに入っていた。

二人は庭へ出て雪搔き(ゆきか)をした後、枯れ枝を集めて火をつけ、これらの脅しに使われる文を全部焼き捨てた。この時、疾風小僧が季蔵から取り上げた守り袋を火に投じるのを見たが季蔵は何も言わなかった。


お玲の悪事に加担した達三は島送りとなり、いずれ金のために罪を犯すであろう仙吉は江戸払いとなった。

青物屋の看板娘お光と大店美国屋の跡継ぎ亮吉の祝言はつつがなく行われ、瑞葉高太郎は仏門へ帰依することを許された。みやこの文を読んだ康信院もまた救いを仏にもとめた。尼寺を建てて瑞葉家の御先祖だけではない、関わった人々への供養の日々を送ることとなった。

第五話　金剛鮭

一

疾風小僧は江戸をまだ離れない。毎日塩梅屋を訪れる。それもまだ夜が明けない頃にやってきて、漁師の使いであるお喜代が届けるその日の魚を受け取る。

「忙しい師走なんだからさ、朝はゆっくり寝てなよ。寿命が延びるよ」

などと言って、お喜代から魚を受け取るという季蔵の役目を引き受け続けている。

別に頼んだわけではない。ある朝、いつものように塩梅屋へ向かった季蔵は、自分とそっくりの男が戸口に出て笑顔でお喜代を労っている様子を見た。お喜代の顔は変わらず髪で隠れている。

「ご苦労さん」

疾風小僧の言葉かけは優しかった。

――もしかして疾風小僧はお喜代さんを――

以来、季蔵は疾風小僧が早朝の一時、季蔵の代わりを務めることに口を挟まない。

――人の恋路の邪魔はできない――

この日も季蔵は疾風小僧がお喜代を見送った頃合いで店に入った。

飯を炊く芳しい匂いが店の中に満ちている。疾風小僧が朝膳を調えて季蔵を待っているので、このところ季蔵は朝、家で飯を炊かない。疾風小僧は無類の食通の上料理の腕もある。ようは自分が食するためなのだが、今朝はお喜代が届けた荒巻（新巻鮭）を巧みに切り分けていた。

荒巻は内臓を除いた鮭の塩漬けである。塩漬けにすることにより、余分な水分が抜け、旨味が増す。余すところなく利用できることもあって、師走や新年には欠かせない物で贈答にも盛んに使われている。

古くからこの荒巻は作られていた。荒巻の名の由来は荒縄で巻いたから、藁で巻いたから藁巻となりそれが荒巻と転じたとか、塩を粗くまいた粗蒔きからとさまざまである。荒巻にする鮭はシロザケが多く、特に銀色に輝いている沖で獲った銀毛シロザケを荒巻にしたものが最も美味である。

「今日の朝飯は焼き鮭だから豪勢だぜ」

疾風小僧はすでに荒巻の頭と尻尾を出刃包丁で切り落としていて、腹の部分を骨ごとやや厚めのぶつ切りの切り身にしていた。

すでに七輪に火が熾きている。

季蔵は疾風小僧が切り身を七輪の上で焼き上げる間に、甘めの本漬け沢庵を樽から出して切ると皿に載せた。

――焼き塩鮭にはこいつが素晴らしく合う――

二人は塩鮭が焼き上がる香ばしい匂いとこれ以上はないと思われる塩と鮭との奇跡的合体の旨味を、炊き立ての飯から上がる湯気と共に堪能した。

「それじゃ、そろそろ」

この頃合いで疾風小僧は勝手口から出て行き、季蔵は二人が使った椀や皿、箸を洗って慌てて片付ける。焼き鮭の匂いを消すために勝手口を開けたままにして、火を消した七輪を急いで離れに運んだ。

そしてほどなく三吉がやってくる。

「おはようっ。わっ、荒巻だあ」

師走に入って初めての荒巻とあって三吉は小躍りした。

「あ、もう、荒巻、下ろしちゃったのかあ」

三吉はこの手の修業を積んで今や魚を下ろすことを十二分にこなしていた。

特に荒巻の下ろしは、

「出刃をどすっと入れて骨までどすんと切るの、血湧き肉躍っちゃうよね。剣術みたいでさ」

毎年独特の出刃使いを楽しみにしていた。

「この次はおまえに頼む」

塩梅屋では冬の間、賄いにも便利な荒巻を欠かさない。

「今日の賄いは焼いた鮭と粕汁だよね」

三吉の目はきらきら輝いている。

「そうだな」

微笑んだ季蔵は荒巻で粕汁を拵えることにした。

塩梅屋の鮭の粕汁は具沢山である。

まずは大きくて深い鍋に水を入れ昆布を浸しておく。干し椎茸は鉢に水を張って戻す。干し椎茸が柔らかく戻ったところで取り出し、軸を切り落として四、六等分して鍋に入れる。残った戻し汁は昆布を浸した鍋に加える。

具は鍋に先に入れる根菜から切る。

牛蒡は洗ってから食べやすい大きさの乱切りにして水にさらし、大根と人参はいちょう切りにする。切ったものはすべて昆布の入った鍋に入れる。

斜め切りにした太い長葱も、青い部分は除いて加える。鍋を火にかける。椎茸からアクが出てくるので丁寧にすくい取る。昆布を取り出し、そのまましばらく煮て野菜にじっくり火を通す。

野菜に火を通している間に、油揚げを短冊に切る。荒巻の鮭はひれ酒にするひれの部分は別に切り置き、よく出汁の出る尻尾を皮ごと四、五等分くらいの食べやすい大きさに切る。

酒粕はそのまま汁に加えると硬くてだまになりやすいので、水少々と酒粕を鉢に合わせておき、しばらく浸けて、ほぐしやすくしておく。

野菜に火が通ったところで、鮭と油揚げを加える。鮭の色が変わって火が通れば、ほぐした酒粕と味噌を漉し器を使って溶き入れる。

塩梅屋の酒粕は極上品である。毎年灘の蔵元から香りのよい酒粕をもとめている。酒の粕汁の肝は荒巻と酒粕に尽きる。これらが飛び切りであればあるほどコクのある美味い粕汁が出来る。

味を調えたら、最後に葱の青い部分を加えてさっと火を通し、椀に注ぎ入れて供する。

三吉は焼き鮭で飯を搔き込んだ後、

「これっ、お腹に溜まるのに優しいし、凄く温ったまるよねえ」

ふうふう息を吹きかけながら荒巻の恩恵に与った。

賄いが済んだところで、

「邪魔をする」

烏谷がのっそりと店に入ってきた。

「お珍しいですね」

「偶然、この前を通ったところ、あまりにいい匂いなので胃の腑が言うことを聞かず立ち寄ったのだ」

鼻を蠢かした烏谷は、

「ふーむ、これは粕汁だけではないな。焼き鮭にもありつける」

「すぐにご用意いたします」

季蔵は七輪を持ってきて、丸網をかけて荒巻の切り身を焼き始めた。

「二切れぽっちか」

不満そうな烏谷に、

「お涼さんからお奉行様は塩辛い味を好む癖があるので、気をつけるようにと言われておりますので」

「江戸っ子は上方の者たちと異なり、とかく濃い味が好きなのだ」

「でも、それでは年齢を経ての病に罹りやすいと貝原益軒先生も書いておられるとのことです」

名著『養生訓』の作者である貝原益軒はこの著の中で過ぎたる飲食を戒めていた。お涼はこの過ぎたるには料理に用いる塩や砂糖の摂りすぎも入るはずだと主張している。

「お涼がか――まあ、仕方がない」

一瞬しょんぼりと肩を落とした烏谷ではあったが、すぐに、

「飯も汁も塩や砂糖ではないゆえな」

屁理屈で躱すと、焼き鮭二切れで飯五杯と粕汁三杯をむしゃむしゃと平らげた。

「荒巻の骨頂はどこに行った？」

さらに烏谷は食後のほうじ茶を啜りながら訊いてきた。

「胸と尾に付いていたひれでございますか？」

季蔵は応えた。

荒巻の頭の鼻に近い辺りの軟骨を氷頭と言い、これで作る氷頭なますは絶品と称される。氷頭以外の頭を丸ごと茹でるとぷるぷるの面白い食感になる。また、尻尾から切り取っておいたひれは干してよく炙って熱燗に入れるとオツである。

二

「その通り」

烏谷は満足げに頷いて、

「明日の暮れ六ツ（午後六時頃）、荒巻ならではの馳走を頼む。よろしくな」

そう言い置くと立ち上がって帰っていった。

——これはよほどのお役目だ——

烏谷が暮れ六ツに来ると言ってくる時はただ料理を食したいがためであるはずはなかった。

翌日、季蔵は八ツ（午後二時頃）を過ぎると荒巻ならではの珍味料理に取り掛かった。

まずは一切熱を加えない氷頭なますを仕上げることにした。すでに大根と人参、氷頭の下拵えはしてある。

新年の先取りに縁起物の紅白の彩りをと考えて、大根と人参を同じくらい用意する。人参は少し大ぶりに刻み、大根は桂剝きにして同様に刻む。人参、大根を混ぜて塩で和える。押しぶたをして一晩、冷暗所で寝かせておく。

氷頭の方は出刃包丁で鮭の頭を割って、半透明の軟骨の部分を削ぎ落とす。これが氷頭である。塩抜きして食べやすい大きさに刻み、酢に浸けて一晩寝かせ、生臭さをとっておく。これはこの料理の大きな肝である。

一晩置いたら酢をよく切る。水洗いはしない。

酢と砂糖で和える。砂糖の量は好みである。味醂を加えるとさらに甘くなるが、そこまでするとたいていの左党は好まない。

――この氷頭なますは越後から江戸に出てきていた米問屋の番頭さんが教えてくれたものだったな。荒巻の頭は煮るものだとばかり思い込んでいたわたしにはうれしい発見だった。鮭の頭の部分に氷頭と言われている珍味中の珍味があって、これは煮たり茹でたりすると柔らかな骨の部分なので溶けてなくなることも知った。だから今まで知らなかったのだとわかった。今まで何ともったいないことをしていたのかと悔やまれたものだった――

次に季蔵は鮭の頭のあら煮に取り掛かった。

大根は厚さ一寸（約三センチ）の銀杏切りにする。生姜は皮ごと薄切りに、こんにゃくは手で一口大に千切る。大根とこんにゃくはそれぞれ下茹でしておく。

鉄鍋に砂糖、酒、醬油、味醂、生姜と長葱の青い部分を入れて煮汁を用意する。

塩抜きした鮭の頭を縦半分に出刃包丁で切り、半頭はとっておく。これを五、六切れほどにぶつ切りにする。小さいぶつ切りにしてしまうとぐすぐずに崩れて正体がなくなるので注意。これらに塩を万遍なく振りしばらく置く。

別の鍋に湯を沸かしさっとこのぶつ切りをくぐらせる。冷水で丁寧に洗い水気を拭く。この時血の塊のようなものや膜などは徹底的に取り除く。

鉄鍋に大根とこんにゃく、鮭の頭のぶつ切りを入れて蓋をし火にかけ煮詰めていく。箸でぶつ切りを摘まもうとすると崩れかけるほど骨が柔らかくなるまで煮る。

とにかく崩れやすいので大皿に盛っておいて取り分けるのではなく、それぞれ小鉢に盛りつけて供する。

あと一品はとってあった半頭を使った鮭の頭の豆乳汁だったが、これは烏谷が訪れてから拵えることにして下拵えだけ済ませた。

ここでの鮭の半頭はカマの部分を切り離してどちらも食べやすい大きさにする。頭もカマも徹底的に洗って血や汚れを取り除く。頭を五、六等分にぶつ切りにするのはあら煮同様だが、煮込まず、カマともども熱湯をかける霜降りにしておく。小松菜は小指ほどの長さに切り揃える。

ここまでが下拵えで、仕上げは以下のようになる。

出汁、醤油、塩、鮭、小松菜を鍋に入れて落とし蓋をして煮る。煮え上がったらおろし生姜、豆乳を入れて仕上げる。

椀に鮭の頭とカマのぶつ切り、小松菜、豆乳汁を盛りつけて供する。

豆乳のまろやかさに鮭の旨みが加わり、冬の冷えた身体を芯からほころばせる一品であった。

——ここまでは毎年荒巻が入ればまず必ずお奉行の口に入る料理だ。今年はもう一つ加えて驚かせてみたい——

季蔵は三吉が荒巻を下ろす時に取り除いておいた尻尾に付いているひれを使った、鮭のひれ酒をお目見えさせようとしていた。

季蔵は親しくしている漁師からこんな話を聞いたことがあった。

「冬の漁は寒さとの闘いさ。漁から戻ってきたらまずは獲った魚を焼いて一杯、酒は欠かせねえ。海風が応える寒い漁で冷え切った身体を温めるには熱燗が要る。こんな暮らしは先祖代々だ。そんなある時、俺たちの御先祖様の漁師がさ、温めた酒をかき混ぜるのに、食べ残した焼き魚のひれでかき回すといい味になると気づいたんだとさ。これがひれ酒の始まり、始まり。薄くてろくに味のない安酒がほんのりと色付いて、驚くほど旨い酒になるんだよ」

これが季蔵のひれ酒作りの力になっていた。

——熱い酒に魚の旨味が移り、焼けたひれの香ばしさが加わってよい出汁となったのだろう。〝板子一枚下は地獄〟の日々を送ってきた漁師さんたちをどんなにか癒してきたことか——。流行風邪禍の後、物価が急激に上がって市中で売られている酒はますます薄められ続けている。酒が不味くなったという話があちこちで囁かれている。ここは漁師さんたちのひれ酒を流行らせて、市中の人たち皆に美味しい酒を愉しんでもらいたい——

季蔵は心からそう念じている。

そんな季蔵が工夫した荒巻のひれ酒は以下のようなものであった。

尻尾の身がついていない先の部分、ひれを包丁で切り外し水気を拭く。目笊に載せてからからになるまで干しあげる。乾いたひれを七輪の遠火でじっくりと炙り、熱めの熱燗に入れて蓋をして六十まで数えて蒸らす。この間に適度な風味が酒に移る。

ひれは酒から取り出す。このひれと一緒に炙っておいた鮭の皮でちびちびやるのが堪らない。

熱い酒にひれの旨味と焼いた香ばしさが加わってよい出汁酒となっている。

季蔵は七輪を離れの長火鉢の隣に置いた。七輪の丸網でからからの尻尾のひれを焼く傍ら、熱燗をつけるためであった。この按配は誤れない。

暮れ六ツの鐘がなるのと同時に、

「邪魔をする」

烏谷が塩梅屋の戸口に立った。

「お待ちしておりました」

迎えた季蔵は、

——おや——

奉行の後ろに控えている人物が目に入った。

――田端様――

「ご一緒でしたか――」

冬でも湯呑の冷酒だけを好む田端がひれ酒を愉しめるだろうかと気になった。今宵は菜ではなく鮭珍味の肴で酒を飲む趣向である。鮭の頭の豆乳汁がメになる。

――どうしたものか？――

一瞬悩んだが、

――田端様は常に折り目正しいお方、お奉行もご一緒だ。ここは成り行きに任せるとしよう――

季蔵は二人をいつもの離れへと案内した。

烏谷は変わらず仏壇の前に座って線香を上げる。季蔵は田端の頭が鴨居にぶつかりそうにならない様子に気がついた。

――おや――

長身痩軀の田端がやや縮み、痩せぎすではなくなったように見える。

――肉付きはともかく、背丈が縮まられるようなことはあるものだろうか？――

季蔵は田端を見据えた。

――いくら酒が過ぎるからといって、あのお年齢で腰が曲がることはあるまい――

すると突然、

「あははは」

田端が顔全体で大笑いした。

このような田端の馬鹿笑いを季蔵はまだ一度も見たことがなかった。

「何だ、まだわからないのか」

田端の声ではある。

「たしかにな」

烏谷は含み笑う。

「俺だよ、俺。朝も会ったろ？」

変わった声は疾風小僧のもので、離れに上がる際素早く隠した足駄を両袖から出して見せた。

「なかなかの趣向であったな。面白かった」

烏谷は褒めたが、

「御冗談もここまでですといささか度が過ぎます」

抗議しつつも季蔵もつい吹き出してしまった。

「ほとんど人のいねえ早朝じゃねえ時に、まさか、あんたと同じ顔でここへ出入りはできねえよ」

疾風小僧は言い訳をし、

「ともあれ、先に珍味に酒じゃ」

烏谷は季蔵に肴と酒を促した。

三

季蔵は鮭のひれ酒と、氷頭なます等の鮭珍味で常の酒を飲むのとどちらを先にしたものか迷って訊いた。

「骨を食う鮭珍味が通った喉じゃ、鮭のひれ酒の微妙な美味さが半減するかもしんない。逆にひれ酒が先だとぐいぐいひれ酒ばかり飲んじまって、せっかくの鮭珍味が頼りなく感じるかも。むずかしいところだね」

疾風小僧は頭を捻ったが、

「漁師ならどうすると思う?」

鳥谷は季蔵が聞いた話にも通じていた。

「それはひれ酒からでしょう。氷頭や頭のあらを使った料理は手間がかかりますから」

「だったらひれ酒から行ってくれ」

「わかりました」

こうして季蔵は鮭のひれ酒から供しはじめた。

「ひれを焼くのは俺がやるよ」

疾風小僧が七輪の前に陣取った。

「俺は銘酒って言われてる灘なんかの新酒より、安酒でも銘酒にしてくれるこいつの方がよほど好きなんだよ」

　慣れた手つきで尻尾の先を焼いていく。

「もう、いいだろう」

　ひれの焼きの目安は、表面にプップツと気泡が出てきた按配である。

　季蔵はつけた熱燗にこの焼きひれを浸す役目となった。

「ここからがまあ、ひれ酒好きの俺としちゃあ、出しゃばらずにはいられないところよ」

　疾風小僧が手妻（手品）使いのように、持参してきた蓋付きの酒器を取り出した。酒器は二器あった。

「好きが高じてひれ酒用の酒器を作らせちまってるんだ」

　その酒器は塗りで急須の形に似ているが非なる物である。格調高い雰囲気がある。

「まずはこいつの中を温めといてやらねえとな」

　疾風小僧は長火鉢にかけてあった薬缶の湯を酒器二器に注いで、しばらくしてその湯を捨てた。温まっている空の酒器に焼いたひれをそっと入れる。

「ここに熱燗を頼む。ぬるめは駄目だ。あつあつの熱燗に限る」

　季蔵が言われた通りにすると疾風小僧は素早く蓋をした。

「ひれ酒の肝は蓋付きの酒器で酒と焼きひれを蒸らすこと、酒器を熱い湯で温めておくこと、沸騰寸前まで燗をした酒にある。常の熱燗より熱くないと魚の生臭さが抜けない。ひれの旨味が出てこないのさ」

ひれ酒好きとあって疾風小僧の説明は的を射ていた。

ひれと熱燗を入れて蓋をした酒器を三人の目が見つめている。

「そろそろいいのではないか？」

待ちかねた烏谷が蓋を取った。

「いいね、酒がほんのり琥珀色になってる」

疾風小僧が仕上がりを告げた。

季蔵が一方の酒器の中からひれを取り除こうとするのを烏谷は黙って見守っていたが、
疾風小僧は、

「俺はこのままでいい。ひれを入れたままにしておくと雑味が出てきて嫌う奴も多いが俺はこのままで行く。そもそも熱燗のひれ酒は、ぐいぐいっと飲み干す酒ではなく、ちびちびと、ゆっくり味わい飲む酒だろう？　そうしないと舌も喉も火傷しちまうからな。そんなひれ酒の醍醐味は時と共に味わいが変わる面白さなんだよ。絶対ひれは入れたままにするべき」

さらに熱く語った。烏谷の方は、

「いや、わしはひれを取って生粋のひれ酒を味わうぞ」

意地を見せた。

こうして二人は各々の好むやり方で琥珀色のひれ酒を堪能した。

「ひれが炙られることで生臭さが芳醇な香りになるのだな」

烏谷はうがった物言いをし、

「そしてひれに含まれる旨味が、やや風味薄のさらりとした酒に溶け出し、そこらの酒を絶世の美女に化けさせるのさ」

疾風小僧が言い添えた。

ひれ酒は氷頭なます、鮭の頭のあら煮を肴に飲み続けられた。

「まさに氷頭なますは骨を食らう」

烏谷の言葉を、

「そして鮭の頭のあら煮は骨と肉の両方を食らい尽くす」

疾風小僧が受けて、

「これぞ食い道楽の冥利ぞ」

「その通り」

盃が重ねられた。

「〆は鮭の頭の豆乳汁で酒に疲れた胃の腑を労りたいのです。よろしいですか？」

季蔵が訊くと、

「いやいや」

酔いが回り始めている烏谷は両手を左右に大袈裟に振って、

「このまま、このまま」

さらにひれ酒を啜り続けて、

「実は酔いから醒めてしまっては言えぬ頼みがそちたちにある」

季蔵と疾風小僧の顔を交互に見た。

この時、疾風小僧は季蔵に横目で、

──始まったな──

伝えてきた。

──そのようです──

季蔵も俯いて頷いた。

「もちろん、これはお役目である」

やや後ろめたげに言い切った烏谷は以下のように切り出した。

「これは将軍家につながる尊いお血筋のお方の話だ」

「将軍家のお血筋といえば御三家様か、御三卿様のどなたかかな？」

疾風小僧は歯に衣着せず念を押した。

「まあ、そんなところだがはっきりとお名を口にすることはできぬわ。どんなお偉いお家にも悩みはあるのう」

烏谷はあははははと笑い飛ばしたがもちろんその目は笑っていない。

ちなみに御三家とは徳川幕府を開いた家康の男子を祖とする尾張、紀伊、水戸家で、御三卿とは幕府中興の祖吉宗の男子、男孫を祖としている。両方とも徳川将軍家の分家であり、将軍家に後嗣がない際に将軍の後継者を提供する役割を担っていた。

「どのような困りごとなのでしょう？」

　季蔵は事情を訊いた。

「実はやんごとなき父親を持つ女子がいての。その女子は鉄砲洲の廻船問屋田島屋惣右衛門の娘として育っているのだが、養女と養父母という間柄ではなく、姫と家来という関わりに近い。女子はやんごとなき雲上人の父親が町娘だった田島屋惣右衛門の妹お田鶴を見初め、深い関係になって産ませた子どもだったからだ」

「そういう事情ならたいていは母親ごと、側室になってやんごとなきお家行きでしょう？　大名のところにだって大奥を真似た女たちの城はあるんでしょうから。それをわざわざどうしてかなあ？」

　疾風小僧は首をかしげた。

「そのお家は御正室様のお力がお強い。さらに側室は国元の重臣の娘たちで、国元の奥向きでは常に鎬を削っていたという。子を産めば正式に側室になって御正室様の手前国元で暮らし我が子を育てなければならなかった。お田鶴は源氏物語の講釈の会でやんごとなき雲上人と知り合った。富裕な暮らしの中でおっとりと育った上に、平安絵巻が好きな夢見がちな娘だったのだ。それを知って、雲上人は、国元へ行かせてしまってはほとんど会うことができなくなるし、そもそもお田鶴のような気の細かさでは、到底、他の側室たちと伍してはいけないとお案じになった」

　――雲上人はお田鶴さんを心から愛していたのだな――

季蔵はここまではいい話だと思った。烏谷は先を続けた。

「田島屋惣右衛門も臨終の際、先代父親からくれぐれも目に入れても痛くない娘の世話を頼まれていた。そこで二者は身分を超えて話し合い、お腹に子のいるお田鶴を無事出産させるまでは雲上人が人目のないところに住まわせて密かに世話をし、子どもは男の子でも女子でも惣右衛門夫婦の我が子として育てることに決めた。その頃はまだ惣右衛門夫婦には実子がいなかった。ところがその後、実子が男、女と続けて生まれた。お田鶴の産んだ女の子を気遣った雲上人はお田鶴とその娘を自家の花見屋敷に移して暮らさせることにした。もちろん暮らしにかかる金も絶やさずにきた。惣右衛門の方でも任せきりでは面目が立たないので相応の援助をしてきている。だが金だけではお田鶴は永らえることができなかった。忙しさにかまけて雲上人があまり足を運んでくれなくなると、寂しさのあまり、日に日に元気がなくなった末、とうとう死んでしまった。花見屋敷に移って五年後のことだったという」

「その後、その娘さんはどうなりました？」

季蔵は訊かずにはいられなかった。

「惣右衛門夫婦は引き取りたいと言ったんだそうだ。しかしお田鶴の産んだその娘、お布由というのだが、身の回りの世話をする古くからの奉公人の婆さんと二人で花見屋敷で暮らすことを望んだ。子ども心に複雑な事情を分かっていたのかもしれぬ」

「雲上人と田島屋惣右衛門からの金はどうなったのかな？　たいていは減って何不自由な

くとはいかなくなるんじゃねえかい?」

疾風小僧が案じる顔になった。

「いや、雲上人も田島屋惣右衛門も愛した女、不憫だった妹の供養と心得て今までと変わらぬ援助を続けてきた」

四

「雲上人の御正室様や国元の御側室方は、お田鶴さんとお布由さんのことをご存じないのですか?」

季蔵は訊いた。

「そりゃあ、知ってるはずだぜ」

疾風小僧が烏谷の代わりに言った。

大名家ともなればたとえ正室や奥向きの女たちであっても、相応の情報網は握っているはずであった。

「御正室は何年か前に鬼籍に入られ、国元で相次いで二人の男子を産んだ権勢のあった御側室も亡くなられた。女たちはお田鶴やお布由のことを知ってはいても、雲上人が寵愛するお田鶴には手出しできなかった。お田鶴が生きている頃は次には男子を産むのではないかと、御正室も二人の男子の母である御側室も気が気ではなかったろう。息のかかった者に見張らせていたに違いない。ところがお田鶴は死にその必要はなくなった。残されたお布由は女子で世継ぎ問題に関わる男子ではない。ここでもうすでにお布由は解放されつつあったが、御正室、御側室の死で完全に自由気儘となった。雲上人は家督を嫡男に譲って楽隠居の大殿となった。参勤交代の激務もなくなり、今はこの江戸で愛した女の忘れ形見のお布由を見守り続けておられるのだ」

「お布由って女は幸せの虹に包まれて極楽で生きてるみてえな気楽な姫様なんだな。こりゃあ、もうたいした我が儘者だろう」

疾風小僧の言葉に、

「その通り、これが父親の大殿をたいそう悩ませている。何しろ年頃ゆえな」

烏谷はわざと大きなため息をついた。

「悩みは道ならぬ恋でしょうか？」

季蔵の言葉に、

「当ったりめえよ」

やはりまた疾風小僧が代わって応えて、

「どうせ、千姫御殿だろう？」

したり顔で例えた。

豊臣秀頼との政略結婚の果てに大坂夏の陣で大坂城から救い出され、寡婦になった徳川家康の孫娘千姫が、当初は男漁りだけを生きがいに豪華な御殿で暮らしていたという風聞が語り継がれている。

「まさか――。そもそも千姫御殿は面白おかしい絵双紙であろうが――」

呆れ顔になった烏谷は、

「花見屋敷内では布由姫様と呼ばれているそうだが、母のお田鶴に似てたいそう源氏物語が好きだと聞いている。夢見がちなのはお田鶴と変わらないが、その上頑固なまでの誇りを持ち合わせている。幼い頃から薄々自分の出自に気づいていて、今は大殿の父親とも大っぴらに会うこともできれば、我が儘放題で向かうところ敵なしとなるのも無理はなかろう。相手が見えず、この男一筋と頑なに思い込んだ女の恋は度し難い」

と続けた。

「それでその夢見がちの我が儘放題娘が見初めた相手ってえのは、どんな悪党なんだい？」

疾風小僧は興味津々で訊いた。

「骨董商の渡部堂源之助」

烏谷は言い切り、

「あいつかあ」

形相を変えた疾風小僧は眦を決して歯噛みした。

「渡部堂源之助、どんな者なのです？」

季蔵は訊かずにはいられなかった。

「まあ、おまえには忘れられぬ話であろうがな」

烏谷は疾風小僧の悔しさに引き攣った顔をちらと目の端に刻んで、

「奉行所では当時江戸一の古着問屋だった橋本屋八右衛門屋敷の謎と称している。橋本屋からは骨董屋渡部堂源之助からもとめたという茶器が多数見つかった。八右衛門は晩年、商いそっちのけで茶器の収集に凝っていて、死んだ時は店が傾きかけていた。そこで跡を継いだ倅が集めた茶器を売り払って商いに要る金に回そうとしたのだ。倅は渡部堂ではない骨董屋を呼んだ。晩年の橋本屋には渡部堂源之助が張り付くように出入りしていて、父親が狂喜乱舞して高い買い物ばかりさせられている様子を目にしていたからだ。呼ばれた骨董屋は愕然とした。茶器がまがい物だったからではない。たしかにどれも本物ではあった、だが、八右衛門が晩年に集めていた茶器の中には疾風小僧が盗んだとされる品々があった。〃世のため人のため拝借　疾風〃という、義賊ならでの書き置きがその場に残されていた茶器だった」

一度言葉を切った。

「そこが一番許せねえのさ」

疾風小僧は歯噛みし続けている。

「〃世のため人のため拝借　疾風〃の書き置きが偽だったわけですね」

季蔵の言葉に、

「そうすりゃ、奉行所がろくに調べないとわかってやってるんだ。俺の仕事は完璧で、役人はお手上げだったからな。だからってこんなこと、汚えぜ」

疾風小僧は吐き出すように言った。

「偽の書き置きを残された茶器の出処は市中だけではなく全国津々浦々に広がっている。当地では疾風小僧の仕業と見做して、調べはしても早々に打ち切ったことだろう。わしとてこやつと懇意でなければとっくの昔に諦めていたかもしれぬ。敵は手強い、なかなか頭が切れる」

烏谷はうーむと唸って腕組みをしていた。

「渡部堂という人には盗賊という裏の貌があるのですね」

季蔵が念を押すと、

「いや、元手を盗賊稼業で得たというべきだろう。今は盗賊よりもよほど始末の悪い悪事を働いている。思い出さぬか？　虎翁のことを？」

烏谷はかつての巨悪を思い出させた。

先代譲りの熟柿が市中でもてはやされていた頃、季蔵は当時江戸の闇部分を束ねていた虎翁に呼び出されたことがあった。熟柿を望まれたのである。

虎翁は表向きこそ、商う品など煎餅か羊羹しか並んでいない寂れた菓子屋の主であったが、市中の衣食住、棒手振りや行商人、香具師、大道芸人や猫の蚤取り屋、おちゃないと言われたかもじにする髪の毛を買い集める者、怪しい性具を売る店まで、全ての商いの死活を手中に握っていた。新参の商人には場所代なしでの勝手な開店や売り歩きは決して許さない。逆らった者は商いの大小の別なく始末される。定町廻り同心たちの多くに虎翁の息がかかっていた時までであった。敵わない大物の大悪党であった。

「わしは今、あの虎翁がもっと凶悪になって生まれ変わってきた気がする」

「すると喜多見国麿を殺した者やお愛と加平を殺したとされている富沢屋、寿太郎を嵌める芝居をしたお紀美とごろつきたち、お佐和と信太を殺した小間物屋と寺男、松屋お玲の後ろにいるのは渡部堂源之助だと？」

季蔵は慄然とした。

「まず、間違いないと思う」

烏谷は言い切って、

「虎翁は市中をすべて手中に収めようとしていたが、渡部堂源之助は小さな商いは問題にしていない。大きな金の匂いのする相手なら誰でも狙う。お布由の異母兄である現藩主は次期将軍の呼び声が高い。聡明なのだ。だから大殿はもしやすると将軍の息子を持つことになるかもしれぬ。大殿と今の藩主とは心の通じ合える父子ではあるが、隠居した身ではあれこれ差し出がましく指図はできかねる。そこが渡部堂の狙いではないかと大殿は案じておられるのだ」

神妙な顔で続けた。

「成り行き次第ではお布由さんと渡部堂源之助が結ばれた暁には、公方様の妹と義弟ということになりかねませんね」

「今時七光りの蛍大名を恥じる者など居はしない。なったもん勝ちだとする輩も多い。めでたく渡部堂源之助は数万石程度の藩主になるやもしれぬ、それがあやつの大いなる野心なのだ。そして義兄を動かして善政などとは縁もゆかりもない、悪事に則ったやり方で政を闇に引き入れてしまうだろうとわしは思う、大殿も同じ思いであった。お布由とあやつとの婚姻だけは断じて避けねばならぬ」

烏谷の声は悲痛に掠れた。

「だけどお布由って我が儘馬鹿娘はもうどっぷり渡部堂源之助に沈められちゃってんだろ？」

呟いた疾風小僧は慌てて、

「あ、これ、惚れた弱味ってことだよ」

季蔵に説明した。

「何とかやつが大悪人だとお布由に知らせたい」

烏谷は言い放った。

「それは無理だよ、よほど痛い目にでも遭わないと——。どうせ渡部堂の奴、さんざんいいこと言ってんだろうからさ。女って男に惚れちゃうと信じきっちゃうからさ。渡部堂、女癖はどうなの？」

疾風小僧は訊いた。

「聞かぬ。前に内儀はいたが亡くなっている。今は金以外女にも男にも興味がないのではないかな。はてどうしたものだろう？」

烏谷は季蔵をすがるような目で見ている。

五

「渡部堂源之助のお内儀が亡くなった理由は？　病ですか？」

「くわしいことはわからぬが、大店（おおだな）の木綿問屋の寡婦だったという。内儀が生きている頃からこの木綿問屋も渡部堂が差配していて今も続けている」

「ケチに妾（めかけ）はいねえだろうな」

疾風小僧が呟いた。

「ご名答。ただし岡場所をやらせている女郎上がりの女ならいる。儲（もう）かるものになら何でも手を出す男なのだ」

「亡くなったお内儀との間に子は？」

「言い忘れていたが死んだ渡部堂の女房は八歳も年上だ。前の亭主の子も含めておらぬはずだ」

「ところで渡部堂と我が儘馬鹿娘とはどうやって知り合ったんだい？　布由姫様はそうそう出歩いたりしねえんじゃねえかな？」

疾風小僧が割り込んだ。

「源氏物語を読む会で顔を合わせたのだそうだ」

「渡部堂の奴、そんな雅（みやび）なものにまで金の手垢（てあか）付けやがって――」

またここでぎりりと歯噛みの音が聞こえた。

「亡くなったお内儀の親戚のお方は？」

季蔵は問いを続けた。

「妹が京橋の呉服屋つぼ屋に嫁いでいる。死んだ内儀の名はのぶ、妹はうた。ここは押さえておる」

「それではわたしは妹のおうたさんにお姉さんと渡部堂のことを聞いてみます」

季蔵は告げて、

「俺はお布由と渡部堂のことを源氏物語の会の奴らに聞くことにする」

こうして二人は二手に分かれて渡部堂の周辺を調べることとなった。

翌日、季蔵は呉服屋つぼ屋へと向かった。

「お上のご用で来たんだ。どうしても訊きたいことがあるんだ」

季蔵は塩梅屋の主とは名乗らず、下っ引きの季三と方便を使った。

「少しお待ちください」

一度奥へと入って出てきた手代は、

「離れへご案内いたします」

季蔵を庭を通って離れへと案内した。

離れには丸顔の年齢より若く見えるお内儀が端然と座っていた。緊張しているようにも常から抱えている胸のつかえに憤っているかのようにも見えた。

「つぼ屋内儀のうたでございます」

その挨拶に応えて季蔵は先ほどの方便を繰り返した。

「お役人様から人の生き死にに関わる事件は、地道に下っ引きの方々がお調べを続けると聞いております。そちら様がここへおいでになったのは、何かこれという証に近づいたからなのでしょう？　お願いです、どうか、あの男、憎き渡部堂源之助を姉のおのぶ殺しでお縄にしてください。この通りです」

おうたは頭を畳にこすりつけた。

――下っ引きと名乗ったのはよかったが、これには誤解がある。はて、どうしたものか？――

咄嗟に迷ったが、

「たしかに渡部堂についての疑いは濃くなってる。さらにそれをゆるぎないものにするために力を借りたい」

季蔵も頭を下げて丁寧に頼んだ。

「前にも申しましたが――」

頭を上げたおうたは怪訝な顔つきになった。

「そうだよ。わかってる。けれども、人の覚えていることはその時限りで忘れやすくもあるんだ。反対に時を経て正しく直されることもあるんだよ。だから、もう一度話してほしいんだ」

この説得は相手を得心させた。

「わかりました」

頷いたおうたは以下のような話をした。

「わたしと夫は姉さんが渡部堂と夫婦になることに反対でした。姉の方がかなり年上ということもありましたが、渡部堂の素性がよくわからなかったからです。人に頼んで調べてもらっていたところ、その男が酒の飲みすぎで死にました。わたしたちが不審を伝えても、元から酒好きとあって岡っ引きの親分をはじめ誰も相手にはしてくださいませんでした。姉に直にこれを伝えると、〝あたしの源之助様を調べたなんて酷い。よっぽど実家の身代をそっくりあたしが貰ったのが気に入らなかったの？　それともおうたは源之助様が若いながら渋みのある男前なんであたしを妬んでるの？　たしかによくある江戸の角顔、鰓張りのおうたちゃんのご亭主とは役者顔の源之助様、月とすっぽんだものね〟などと言い出す始末で、いささかわたしも腹が立ってもう何も言う気がしなくなりました」

そこでおうたはほうと悲しげな息をついた。

「並外れた世間知らずだったのですね」

季蔵が相づちを打った。

「姉には思い込みやすく恋に焦がれているようなところがありました。源氏物語に出てくるような雅な殿方に巡り会って、言い寄られると信じていたんです」

「そしてお姉さんは何の迷いもなく渡部堂源之助と祝言を挙げてしまった――」

「ええ。それから箱根の峠の崖から落ちて亡くなったと聞かされたのは一年半後のことでした。わたしは不思議に驚きませんでした。姉は祝言後、何一つ報せてくれませんでしたが、長く家にいた大番頭が何の不始末もしていないというのに、源之助に暇を出されてわたしのところへ駆け込んで来たことがございました。話を聞きますと扱っている木綿の質を下げて、儲けの高を上げるのが源之助の目的だというのです。それをするには両親の衣鉢を継いで、長年忠義に励んでいた大番頭が居ては邪魔だったのだとわかりました。わたしも夫も夜も眠れぬほどの怒りを覚えましたが、すでに実家は姉夫婦のものですので今更、立ち入ることはできませんでした。あろうことか、この大番頭もほどなく川に嵌まって死にました。奉公先から暇を出された白ねずみ（長年独り身で身寄りのない住み込みの奉公人）が世をはかなんだものと見做されました、この時いつか姉の身にもよくないことが起きる気がいたしました。源之助の目的は実家の身代です。それを姉は自分への愛情だと盲信していたんです。何ってお人好しで馬鹿な姉さん」

　おうたの目から涙がこぼれた。

「箱根行きの目的は保養だったのかい？　源之助は一緒だったんかい？」

「一緒でした。姉さんの骸が運ばれてきて通夜になりました。この時、源之助はさめざめと泣いて〝自分が崖から落ちて死ねばよかった〟などとぬけぬけと嘘八百を並べた上に、泣くに泣けない複雑な気持ちでいるわたしたちに、〝この木綿問屋は死んだおのぶのためにもしっかりわたしが守って行きます、どうかお力添えください〟などと体裁のいい言葉で取り繕いつつ、ようは自分の物だとわたしたちに釘を刺しました。何日かして二人に付いて箱根に行った小女が訪ねてきて、姉が崖から落ちたのを見ていた宿屋の下働きの男の子が急死したと伝えてくるまでは、源之助に対して苦い想いはあってもこれほど強く真実を知りたいとは思っていませんでした。何でもその男の子に源之助がカステーラの箱を渡しているのをその小女は見たそうです。〝箱根へはわたしも付き添って行きました、崖から望む山々の風景を楽しまれたいからとご夫婦で崖の方に行かれた時、わたしは気を利かせて茶屋に留まっていました。ですので落ちるところは見ていません。でも近くにいたことは事実です。このままではきっとわたしまで殺されます――〟と怯え続けていたので、上総の知り合いの家に匿ってもらっています」

「その小女はお姉さんと源之助の仲についてどのように言っていた？」

「傍目には源之助は常に姉を労り、姉に尽くす優しい亭主でその上、商いの目も確かなやり手で申し分ない主のように見えたそうです。箱根行きも姉との子が早く欲しいからと言い出したのは源之助の方で、子宝祈願を兼ねた湯治だったとか――」

――ここまで完璧にそして冷酷非情に相手を騙せるとは――

季蔵は虫酸が走った。

――おそらくお布由さんも同じように、当人はがんじがらめと気がつかずに搦め捕られているのだろう。大きな毒蜘蛛が優美な蝶を狙って網の糸を紡ぐように――

「貴重な話、ありがとう。必ずお姉さんを死に追いやった憎き渡部堂の悪事を暴いて見せるぜ」

季蔵はそう言い置いてつぼ屋を後にした。

塩梅屋に戻るとほどなく疾風小僧が田端の姿でやってきて床几(しょうぎ)に腰掛けた。

「あれですね」

すぐさま三吉は冷や酒の入った湯呑を疾風小僧の前に置いた。

――俺としたことが――

疾風小僧の田端が困惑した。疾風小僧はこの時期、田端のようには冷や酒を好まない。

「田端様、あれをお届けいただいたのでしょう?」

「ああ、そうだった」

「でしたら離れの方でとっつぁんの仏壇に供えてやってください」

季蔵は離れへと続く勝手口の戸を開けた。

「どうぞ」

そう促したのと同じ口で、

「実は田端様に冥途(めいど)供養のお札をお願いしていたのだ。とっつぁんが冥途でゆっくり眠れるようにな。死者のための守り札だよ」

と三吉の耳元で囁いた。

「ふーん、そんなものもあったのかぁ」

三吉は季蔵の方便を信じた。とかく江戸には新旧入り乱れてたいそうな数の信心があって、守り札が売れる年の瀬から新年はどこもかき入れ時であった。

六

「お布由と源之助が集ってた源氏物語の会に行ったよ。触れ込みは蔵前の札差中村屋の隠居宇左衛門。腰を屈めてたんで疲れたぜ。まあ、どこにも老いらくの恋に焦がれる奴はいるもんで、源氏物語なんてのが好きなのはあわよくば上品にやりたいだけのことだろうが、想ってた通り男は隠居が多かったな。枯れたふりしてる助平な隠居たち。そんな一人がちょっとお布由にのぼせてたようだ。〝何か違いますからね、あの方の気品は。そんじょそこらのものじゃありません。お姫様には会ったことがありませんが、ものの本によればあんな感じですよ。気位が高そうで話しかけても無視されそうな感じ。そこらには絶対いないだけに惹かれますよ〟とまあ、そんな調子だからその隠居、お布由の様子をいつもずっと見てたそうだ。もちろん、帰りもこっそり尾行てた。花見屋敷へ入ってくのを見て肝を潰したが、やはりめがね通り、やんごとなき女人とわかりうれしかったそうだ」

「それで？」

季蔵はいささか焦れてきた。

「その日の帰りもこの隠居はお布由を尾行た。お布由は供の者と一緒だ。突然、ごろつき数人が行く手を塞いでお布由と供を取り囲んだ。二人ににやにやしつつじりじりと迫っていく。出て行って恰好よく助けたいのはやまやまだったが、怖くて身体が動かない。近くの松の木の後ろに隠れて息を潜めているのが精一杯だった。するとどうだろう、屋敷を出てお布由たちとは反対方向へ帰って行ったはずの源之助が現れて、ごろつきたちの前に立ちはだかったんだとさ。後は芝居さながらに身一つであるにもかかわらず、源之助はばったばったとごろつきたちを投げ飛ばした。隠居はこれで勝負はついたと思いお布由への気持ちにけじめをつけたそうだ。これをどう思う？」

「出来過ぎだな」

季蔵はきっぱりと言い切った。

——たとえ相手がごろつきでも多勢に無勢の上、匕首をのんでいるかもしれない連中を敵に回してこうも鮮やかに退治はできぬものだ——

「その通り。飛び上がってど頭を割る、頭突き蹴り技を習得してる俺でもちょっと無理だ。もっとも俺もどうしても相手の信頼を得るべく陥落させたい時に限っては、手下に命じてこの手の芝居を打つことはある」

「源之助は仕組んだのだな」

「俺も人手が足りなくなるとごろつきを雇うことがあるんで、市中の口入屋の裏稼業には通じている。馬廻りや用人をはじめ真面目な大工、瓦職人なんかの斡旋をしているのは表の顔で、実は裏ではごろつきでなければできない仕事を受けている口入屋もあるんだ。そんな何軒かに渡りをつけて聞き出した。お布由たちを助ける芝居を打つために、渡部堂源之助がごろつきたちを雇っていた」

「女房が死んで後、次の大きな獲物を捕らえようと源氏物語の会に潜み続けていたのだな。汚いやり方だ。力で劣る女子ならば、あの場を助けてくれたという感謝のつもりがいつしかその相手の虜になりやすい」

「お布由に岡惚れしてた隠居の話じゃ、お布由はそのことがあるまで源之助が話しかけても、〝ああ〟、〝そう〟としか応えていなかったそうだ。先妻の時とは違う、それで源之助は一芝居打ったということさ」

「だがそれだけのことだ。こいつを明るみにしたところで恋路ゆえに芝居をしただけのことだと言われれば、お布由さんたちに何の怪我もなかったことだし、頼んだ源之助もごろつきたちも罪には問われない」

「たしかに――悔しいな」

疾風小僧は歯嚙みした。

季蔵は、源之助に誘われて先妻おのぶが子宝祈願を兼ねて箱根へ湯治に出かけた途中で崖から落ちて亡くなり、その様子を見ていた宿屋の下働きの少年は源之助に渡されたカステーラを食べて死に、おのぶに付き添っていた小女は殺されると怯えている事実を話した。

「カステーラを源之助から貰って食べて、その男の子が死んだってのを、代官所はもっとくわしく調べられなかったのかね？　気の毒な死に方をした子どものことなんてどうでもいいんだろうさ。ったくお上のやることといったら胸糞悪いことばかりだ」

疾風小僧は眦を決した。

「経緯はともかくお布由さんはもう大人だ。源之助の悪事は追及したいが、わきまえのある年齢の女子が恋の奈落に落ちるのを助けるのは無理があるように思う。たとえ何不自由なく育ったがためにそのわきまえに欠けていたとしても——」

これが季蔵の偽らざる本音であった。

「この仕事はここまでお奉行に報告してお許し願いたいね」

疾風小僧も同意した。

するとそこへ、

「季蔵と偽田端はおるか？」

烏谷が離れの戸口から入ってきた。

「さっき三吉に訊いたところ、これが賄いを兼ねた今宵の菜と肴というではないか？少々早いが昼宴と行こう」

烏谷は手に白花豆、白いんげん豆と鮭の煮込みが入った鍋とうずらの薬茶卵の入った深鉢を手にしていた。

「行き詰まった時は食べて飲むに限る」

こうして烏谷を交えて、離れで三人は策を練ることとなった。

季蔵は白花豆、白いんげん豆と鮭の煮込みの鍋を温めた。これは荒巻の鮭の腹の部分である厚い切り身が、塩焼きに勝るとも劣らない美味さを醸す絶品である。拵え方は以下である。

白花豆と白いんげん豆は固くてアクがあるため、ゆでる前にしっかりと吸水をさせる。一晩は水に浸けておく。ちなみに白花豆と白いんげん豆との違いは大きさである。白花豆は大きく白いんげん豆は小さい。この違いが後に美味さとなる。ゆですぎるとさらに煮た時、煮崩れを起こすのでゆですぎないようにする。

白花豆と白いんげん豆はゆでて、ゆで汁ごと鍋に入れ、ぶつ切りにした荒巻の切り身そのままと小指ほどの長さに切った長葱の白い部分を加えてしばらく煮込む。味を見て塩辛すぎれば葱を足す。唐芋（からいも）適量はふかして鮭の切り身の三分の一ほどの大きさに切っておく。これも加えてさっと煮たら胡椒（こしょう）を振る。鮭をほぐして豆や芋、葱と混ぜてから供す。

「うーむ、白いんげん豆は鮭の旨味を吸っていて鮭いんげん豆という感じで、白花豆の方はホクホクしていて食感の違いが楽しめるな」

烏谷は忙しく箸を動かし、

「唐芋のしっとりした甘みが鮭や豆に深みを増させてる。唐芋にこんな裏技があったとは驚いた」

疾風小僧は鮭や豆と唐芋を一緒に食した。

肴の方はうずらの薬茶卵であった。

「氷川村（ひかわむら）で暮らしている知り合いの猟師がうずらから卵をとる仕事をはじめて、時折、塩梅屋（うち）にも持ってきてくれるのです。珍しいものなので格別な食べ方をと考えました」

季蔵が考え出した格別なうずら料理は思い切った代物であった。まずは朝鮮人参茶を淹（い）

れる。これは煎じて飲む時よりやや薄めにする。小さな丼にこの朝鮮人参茶、八角、肉桂、醤油を入れてうずら卵を沈める。これを蒸籠で蒸して六百ほど数えたところで、木匙で卵を丼に押しつけて殻にひびを入れる。そのままにしておき、さめて味がしみた翌日以降、取り出して食す。

「疲れたというと煎じた朝鮮人参を勧められるが匂いがよろしくない。良薬口にひどく不味い。だがこうすれば朝鮮人参もなかなかオツなものよな」

　烏谷は感心することしきりだ。

「まあ、朝鮮人参茶にしてはということだろうが。俺は身体のことはさておき、ただの酒と醤油、味醂に浸けて蒸かした方が美味いと思うぜ」

　疾風小僧はわざとしかめ面をしたが、酒を啜って食べてみると、

「ん、これはイケる」

　惜しみ惜しみ三個平らげた。

「ところでな」

　烏谷が切り出した。

「そちたちの話、ここで聞かせてもらった」

「お奉行が立ち聞きかい？」

　疾風小僧の言葉に、

「人聞きが悪いぞ。わしの立ち聞きは地獄耳と言ってもらいたい」

烏谷は開き直った。

「そこで何をわたしたちにお望みなのです？」

季蔵は単刀直入に訊いた。

「二人ともわしと一緒に花見屋敷のお布由のところへ出向いてもらいたい」

「源之助の正体暴きだね」

疾風小僧が言った。

「そうだ。町方の役人の調べとあれば姫とて貸す耳もあるかと思う」

「そうかねえ。八百屋(やおや)お七(しち)みてえになっちまってると誰も恋の炎は消せねえよ」

「そこを何とか――」

「まず無理だね」

「やってみなければわからぬ。それにこれは命であるぞ」

とうとう烏谷は大声を出した。

――この前の瑞葉(みずは)家の時と似通った訪問ではあるが、あの時とはだいぶ中身が違う。対する相手も異なる。お奉行のお立場では上からの頼みは命であり、こんなにもくだらないことまで引き受けなければならないのか？――

いささか烏谷が気の毒になった季蔵は、

「お役目、承りました」

応えざるを得なかった。

すかさず烏谷は、

「このところの窮迫で修理が叶わず、通行がままならなくなっている橋が市中に増えているのは知っておろうな。お布由の無謀を止められれば、その幾つかは大殿様のお力添えで皆が渡れるようになるのだ」

と言った。

七

「とにもかくにもお布由は布由姫様。忠告に訪れるに際してはそれなりの手土産が要るであろう。まあ、女子ゆえ菓子が無難だが並みのものでは失礼に当たる。よろしく頼むぞ」

烏谷に託された季蔵は嘉月屋の嘉助に相談した。

「ならばピエス・モンテの花見屋敷はいかがでしょうか？」

以前、嘉助は大奥出入りの権利を勝ち取るために菓子屋たちの菓子競べにこのピエス・モンテを出品、見事権利を勝ち取ったことがあった。

ピエス・モンテとは、仏語で〝小片を積み上げた（組み立てた）〟という意味で、大きな装飾菓子のことである。古来、ヨーロッパの王侯貴族の宴では、乾燥させたパン生地を練り砂糖で彩色した果実や花、鳥が飾られていた。こうした趣向はやがて菓子職人の技を競い合う芸術の一環となり、城郭や町並み、庭や屋敷までを彩色した砂糖菓子を用いて表現するようになった。

「実はわたし、四季によって移り変わるあの花見屋敷の庭に魅せられましてね、絵を描きに通ったことがあるんです。春は溢れるほどの桜花、夏は見上げるような大木に絡みつく緋色のノウゼンカズラ、秋は平安の昔をしのばせる見事な嵯峨菊の垣根仕立て、そして花が少ない冬だというのに花見屋敷では今、垣根の山茶花と椿の花が競うように咲き誇っています」

嘉助はそう言って写生の絵を見せてくれた。

これを烏谷に伝えると、

「よしっ、それで行こう」

早速、嘉助に花見屋敷の冬のピエス・モンテを拵えてもらうことになった。

何日かして仕上がったそのピエス・モンテは屋敷が紅白の山茶花と椿の雲の上に漂っているかのような見事さであった。

「これなら布由姫様の心もきっと動くことであろう」

烏谷はおおいに満足して、季蔵と疾風小僧を従えてすでに文を届けてある花見屋敷へと向かった。文には渡部堂源之助についての調べが記されていた。感情は一切交えず悪行を示す証人の言葉や様子が連ねてある。

「あれが届いていて会うというのだから、布由姫様も動揺しているものと思う」

烏谷は確信ありげに言ったが、

——そうだろうか？——

季蔵は疾風小僧の目に語りかけずにはいられなかった。

——女ってえのはこういうことなるとたいそう気難しいもんだぜ——

疾風小僧は首を傾げた。

ちなみにこの時の季蔵と疾風小僧は与力と同心に化けていた。季蔵は上等な小紋の小袖に紋付羽織袴姿で粋な与力髷を結い、堀川季之進と名乗り、疾風小僧は風間翔太郎と名乗った。

疾風小僧は風間翔太郎になったとたん、

「お荷物は布由姫様のものでございますので、わたしがお護りしてお届けいたします」

二人より先に駕籠に乗せられて届けられる花見屋敷のピエス・モンテの後にしずしずと付き従って行った。

「わしたちも続くぞ」

烏谷と季蔵が花見屋敷に着いた。すでに疾風小僧とピエス・モンテは門の前で待ち受けている。

出迎えたのは颯爽とした印象の三十代半ばの用人であったが、

「そちはこちらに長いのか？」

と烏谷が訊くと、

「いえ、一月ほど前にお仕えすることになりました。ですので日はまだ浅いのです」

冬だというのに額に汗を滲ませている。

「布由姫様は難物かの？」

烏谷は相手の耳に口を近づけた。

「滅相もないことでございます。お叱りを受けるのはそれがしの力不足でございます。他の奉公人は女子ばかりで姫様とは日々、気脈を通じ合って暮らしているようです。ただ姫様は金子の話がお嫌いなご様子でなかなか切り出せません」

花見屋敷の財政管理の任で雇われた様子のいわゆる渡り用人は困惑気味に応えた。

「誰か通って来ている者はおるのか？　たとえば男――」

烏谷のこの言葉に狼狽えはしたものの、

「本銀町で骨董屋を営まれておられる渡部堂源之助様が足しげくおいでです」

渡り用人はきっぱりと言った。

「なるほど」

烏谷はまじまじとこの相手を見つめて、

「お役目、ご苦労」

囁くような小声で労った。

――ってえことは、この渡り用人とか言っちゃってる男、大殿、姫のおとっつぁんの家来なんじゃね？――

疾風小僧の目が報せてきて、

――そのようですね――

——ったく、親の心、子知らずだよな——

疾風小僧は俯いて舌打ちした。

花見屋敷のピエス・モンテは駕籠から降ろされて渡り用人が見守る中、屋敷の中へと運ばれて行く。

「皆様方もどうぞ、こちらへ。布由姫様よりお話があるそうです」

渡り用人はそう告げた後、素早く烏谷の耳元に、

「どうか期待はなさらぬように」

と囁くのを忘れなかった。

季蔵と疾風小僧は声こそ聞こえなかったがこの時の渡り用人の悲痛な顔で悟った。

——こりゃあ、てえへんだぜ——

——覚悟しましょう——

それから四半刻（約三十分）ほど二人はいささか珍妙と言っていい客間で待たされた。

何と畳は絨毯に覆われていて机には長い脚があり、

「これは椅子というものです。まあ、床几だと思っておかけください」

渡り用人に勧められて椅子というものに腰を下ろす。

——思い出すね——

疾風小僧と季蔵の目と目での話し合いは続いている。

——松屋お玲さんの部屋に似ています——

——絨毯の柄なんてそっくりだぜ——

——壁に姫の絵らしきものはまだありません——

——ってえことは、まだそこまでじゃねえってことだな——

——けれど葡萄酒は沢山ありますよ。飲むためのギヤマンも——

季蔵は大きな棚の方を見た。

——それにしても落ち着かねえ部屋だよなあ——

烏谷は黙って目を閉じている。廊下に気配を感じたとたん、

「何とも結構なお部屋ですな。これなら我らがお持ちしたピエス・モンテも飾りとしてよく映えましょう」

やや張った声でお追従を言った。

障子がすっと開いて、

「布由でございます」

屋敷の女主が入ってきた。

白い瓜実顔の京風の美女で造作が内裏雛のように整っているが、やや鼻がつんと高すぎるきらいがある。

慌てて三人は立ち上がって名乗り、頭を深く垂れる。

「ご丁寧に。さあ、もうおかけになって」

自らは空いている上座に座ると、

「おいでになったご主旨は承知いたしております。父の意向であることも充分わかっております。ですのでまずは皆様、お役目ご苦労様でございます」

顎だけを下げた。

「これはわたくしからの父への言伝です。父が皆様に命じて渡部堂様について調べてくださったことで、わたくしが知らなかったことは一つもございません。渡部堂様は全てをわたくしに打ち明けてくださっていたからです。それらを聞いてわたくしは姉妹というものはたとえ血がつながっていても怖いもの、恋敵ともなれば平気で悪意を垂れ流すものと知りました。ですからわたくしはあなた様方が記されていらしたことは何一つ信じません。誹謗、中傷の極みでこんなことを真実の証のように言う方々にむしろ憐れみを持っております」

「先のお内儀の死に関わって大番頭や殺しの様子を見ていた少年が殺されたり、お内儀さん付きだった小女が身の危険を感じていてもですか？」

季蔵は訊かずにはいられなかった。

「あんなもの、偶然を先のお内儀様の妹様が面白可笑しい話に作り変えただけのことでしょう」

お布由はふっと笑って応えた。

「ですが、源氏物語の会の帰りでのあなた様と渡部堂との出逢いは偶然などではあり得ませんよ」

疾風小僧も突きつけた。

しかし、お布由は、

「もちろん、それも聞いております。たしかに偶然などではありません。けれども、そんな子どもじみた謀をせずにはいられないほど、あの方はわたくしを一途に想っていてくださったのだと思いました、むしろ感動いたしました。源氏物語の源氏の君にも、こと恋しいとなると、このような悪戯心があるので、物語を超えて源氏の君に想われたようで心が躍り、嬉しく楽しく渡部堂様の詫びの言葉を聞きました」

恍惚の表情を隠さなかった。

八

——こいつは度しがたいぜ——

疾風小僧が季蔵を見た。

——うーん——

季蔵も言葉が出ない。

「このような凝って美しい細工もののお菓子、それもわたくしの屋敷を模して——驚きました」

お布由は烏谷に向かって言った。

「それはですな——」

烏谷はしめたとばかりに口を極めた。世に珍しいピエス・モンテの技法を用いた菓子でなければ、お布由への手土産にはふさわしくない旨を、花見屋敷の景観の素晴らしさを絶賛しつつ話したのである。

「わたくし、お奉行様のお気持ちはとてもうれしく存じますの。でも今のわたくしはこちらの方に夢中なんです」

お布由は引出しを開けると丸く平たい器に詰められた蜜蠟の手燭を取り出した。中に埋め込んである芯に火をつける。蜜蠟は蜜蜂の巣からとれる蠟の一種である。やがて蜂蜜に似た柔らかく癒やされるような香りが漂いはじめた。昼間ではあったが何とも神秘的な様子であった。

「冬に唇が荒れやすいわたくしのためにこのようなものも手作りしていただいて——」

お布由は小さな可愛い丸い器の蓋を開けた。

「これには蜜蠟の他に蜂蜜と胡麻油が入ってるのですよ。手につけてもよいとのことでした」

最後に布由はクロモジの小束と顔の幅ほどで中ほどに赤い縫い目がある、僅かに膨らんだ長四角の袋を見せてくれた。

「クロモジの方はお風呂で使います。これを湯に浮かべて浸かると、良い香りに癒やされて緊張気味の足腰が軽くなります。父上にも勧めてさしあげたいくらい。そしてこれはね——」

お布由はやや得意げに長四角の袋を手にとると、

「こうして使うのですよ」

鼻に赤い縫い目を当てて、自身の目をすっぽりと覆って見せて、

「中に入っているのは小豆ですの。これを湯たんぽで温めて目に当てて寝るととてもよく休めるのです。小豆の香りにも癒やされます」

満ち足りた微笑みを浮かべた。

「それらは全て渡部堂源之助からの贈り物ですね」

季蔵は絶望を感じつつも念を押した。

「ええ、もちろんそうです。そしてわたくしがこのような贈り物を皆様にお見せしたのは、どんなに贅が尽くされた南蛮のお菓子もこれらの足元にも及ばない、わたくしの心を動かすことはないということを、父上にお報せいただきたいからなのです。それとこのような心の籠もった品々を自ら手作りしてくださる源之助様が、皆様のお調べのようなお方だとはわたくし、とても思えません。わたくしは自分の感じている源之助様を信じていくつもりです」

お布由はきっぱりと言い切り、

「お返しといっては何ですが、わたくしも真似て拵えたクロモジの小束をお持ち帰りください。父の分も用意いたしてございます」

三人を門まで送ってくれた。

三人は人気のない場所を選んで歩き始める。

「負けたねえ」

同心姿の疾風小僧の言葉に、

「いや、そうではないぞ」

烏谷は唇をへの字に曲げて、

「面会の一度目は可も無く不可も無くじゃ。その証にクロモジとやらもいただいた。摘まみ出されもしなかったし、ピエス・モンテを投げつけられたわけでもない」

自分に言い聞かせるように言った。

「布由姫様は源之助の意向であえて使者である我らに対して、そこそこ好意的に振る舞っているように思いました」

季蔵は率直な物言いをした。

「そりゃあ、源之助の狙いは大殿や今の当主の力の上に乗ることだろうからな」

疾風小僧も察している。

「それと気になるのはあの南蛮風の部屋です」

知らずと季蔵は眉間に皺を寄せていた。

「富沢屋にもあんな机と椅子があったけど、そっくりなのは松屋お玲の部屋、似すぎてるぜ。どっかにしょくらとをなんてもんもきっとあるぜ」

疾風小僧は同調した。

「ということは肝は女だな」

烏谷がぴしりと言った。

「源之助とお玲はつながっていたというわけですね」

季蔵の言葉に、

「他に何が考えられるのだ？」

烏谷はやや強張(こわば)った笑いを洩(も)らすと、

「これは急がねばならぬな。のう」

疾風小僧に同意をもとめた。

「合点承知の助」

応えた小僧の声音がやや上ずって聞こえた。

店に戻った季蔵は先ほどの烏谷と疾風小僧のやり取りにある種の不可解さを感じていた。こういう時は料理に没頭すると決めている。不可解を追及しても埒(らち)があかないとわかっているからだ。

いずしを拵えることにした。

いずしは白いんげん豆類と煮込んだ荒巻の腹身、焼き鮭の切り身を使う。白飯に合いすぎる焼き鮭は美味ではあるが、とびきりの馳走という感じではないし、白いんげん豆類との煮込みはやや贅沢(ぜいたく)な菜にすぎない。

酒を振る舞う塩梅屋としては、氷頭や鮭の頭を使った珍味とは別に切り身ならではの肴を毎年拵えて供している。それがいずしであった。

作り方は以下である。

鮭の切り身は食べやすい大きさのそぎ切りにして、たっぷりの冷水にさらし、身が白くなり水が濁るまでおく。数回水を取り替えて脂や汚れを流す。布巾で水気をよく拭き取る。人肌ぐらいに冷ました米飯にほぐした米麹を混ぜておく。

大根、人参、生姜は千切りにして塩をまぶしてしばらく置き、水が上がってきたら絞る。

酢、酢の一割の塩、酢の三割の砂糖で合わせ酢を作る。これに鮭、米麹入りご飯、絞った大根、人参、生姜を加えて大鉢で混ぜ合わせる。漬物樽に入れて重石をし冷暗所に置く。

水が上がってきてもそのままにしておく。十四日から二十日でも食べられるが一月以上置いた方が味が熟れて美味しい。食する時には水気を絞って器に盛り付ける。

熱燗の酒によく合う。鮭の他にご飯も青物も入っているので身体に良い極上の肴といえる。


――これは新年の楽しみだな――


季蔵がいずしの入った漬物樽を離れの冷暗所に置き、戻ってみると、

「季蔵さん、実はね」

松次が来ていて、常になく思い詰めた表情で季蔵を見つめた。

「これなんだよ」

松次が渡してきたその紙には松次の手跡で次のようにあった。

昨晩、数珠問屋珠樹屋から金剛石（ダイヤモンド）が盗まれた。見つけた者には珠樹屋から十両払われる。見つけた者は北町奉行所まで持参のこと。

「珠樹屋さんといえば売られている数珠の数でも商いの大きさでも、江戸の数珠屋では一番でしょう？」

季蔵の言葉に、

「そうさ、もちろん。そして俺は今は隠居の蓮太郎さんとは湯屋の二階で知り合ってこれの仲なのよ」

松次は碁を打つ真似をした。

「それだもんだから、ちょいと暮れの挨拶って思って立ち寄ったんだが、碁に誘われちまった。ついつい離れの隠居部屋で時を過ごしたんだが、その間に二人揃って厠に行った隙に箪笥の引出しの金剛石が盗られたんだ。そもそも俺はそんなお宝がそんなところにあるなんて知りっこねえんだが、蓮太郎さんとは親しい仲なのにどうしてっていう目で、今の主で息子の練次郎さんが俺を見るんだ。疑われてるんだよ、俺は。そこでご隠居の蓮太郎さんが十両、ぽーんと出して、これで真の盗っ人を捕まえろって、俺を庇ってくれたのさ。ありがてえじゃないか、ねえ？　その恩に報いて盗っ人探しをしてるんだよ、こうして――」

松次は泣きそうな顔になった。

「聞いたことがある。金剛石って高いんでしょ？　十両も大金だけどもっと高い？」

居合わせていた三吉が話に割り込んだ。

「そりゃあ、もう、十両なんてもんじゃねえだろうよ。そもそも金剛石ってえのは仏様のお国のありがてえお宝で、ぴかぴかお日様よりも光ってて、石の中の石なんだって。盗まれたのはとても大きいってこともあって、途方もない値だそうだ」

応えた松次に、

「だったら、本物の金剛石を盗んでおいて十両欲しさに届ける盗っ人なんていないんじゃない？　たまたま落ちてるのを拾った人だって、ぴかぴかお日様より光ってりゃ、なんだろうってまずは確かめてすぐには届けないで、他にこっそり売っちゃうんじゃない？　おいらだったらそうするかも」

三吉はもっともな物言いをした。

九

「たしかに、そ、そうだな」

松次はその場にへなへなと倒れ込んでしまった。

「三吉。親分に甘酒を。変わりの唐芋甘酒の方も一緒にお出しして」

季蔵は松次を支えて立ち上がらせると小上がりに座らせた。

「すまねえなあ」

松次は三吉から渡された甘酒と洟の両方を啜った。

するとそこへ、

「御免ください」

男の張った緊張気味の声が戸口から聞こえた。

「はい」

季蔵が油障子を開けると潮の匂いのする若い男が、漁師の走り使いのお喜代と一緒に立っていた。

早朝ではない。お喜代が魚を届けにくる頃合いではないというのに、しっかりと荒巻を抱きかかえている。顔はことのほか青く肩が震えている。

「あんたが季蔵さんだね」

若い男はやや怪訝な顔でこちらを見た。

「左様です」

季蔵は丁寧に受け応えた。まるで事情がわからない。

「俺は漁師の佐太郎。お喜代お嬢さんがこんなもんのことで困ってるんで相談に来たんだ。漁師仲間の話じゃ、あんたは謎解きが上手い上に信用できる男だってぇからな」

佐太郎は歯に衣着せずに要点を告げた。

「恐れ入ります」

季蔵は二人を招き入れた。

「三吉、こちらにも甘酒を」

こうして二人は床几に腰を下ろして季蔵と向かい合った。

「お嬢さん」

佐太郎に促されてお喜代は抱きかかえていた荒巻を季蔵に渡した。

「ほう、沖合で獲れた珍しい銀毛シロザケの荒巻ですね。絶品だ」

季蔵はしばし銀色に光る皮に見惚(みと)れた。

「光ってるのはそれだけじゃねえんだ。目を見てくれ」

季蔵は言われた通りに銀毛シロザケの両目を凝視した。右目は荒巻の目だが左目は少しも濁っていない。しかもぴかぴかと光っている。

「鮭に義眼なんてねえでしょうが」

「たしかに」

季蔵は親指と人差し指でそのぴかぴかを摑(つか)み出した。きゃっとお喜代が悲鳴を上げた。

「お嬢さんは前にこれと似たものを見たことがあるんだそうです」

佐太郎の言葉に頷いたお喜代は訥々(とつとつ)と以下のように語った。

ずっと前、このきらきら石を将来を約束していた男から贈られたことがあった。はじめて見るものでたいそう輝きが眩(まばゆ)く美しかった。その男の真心のようにも感じた。けれども、これを持っているともっともっと増やしたくなる、だから自分の女房になることだし、仕事を手伝えと言われた。仕事というのはようは盗みだった。幾ら相手を想っていても盗みまではできない。そう伝えると、〝おまえのおやじが今、網元でいられるのは俺が金を都合しているからだぞ、この恩知らず〟と言われて焼け火箸が振り上げられた。額から片頬にかけて焼けるような痛みがあり、気がつくと贈ってくれたそのきらきら石は消えていた。網元の父親は借金の返済ができずに首を吊って死んだ。

「以来、あたしは心も顔もこんな具合で皆さんにお世話になっているんです」

そうお喜代が締め括って垂らした髪の毛で隠していた傷痕を晒した。

佐太郎はその傷痕を痛ましそうにそっと見て、

「そんなこたあねえよ。お嬢さんはちゃーんと毎日働いていなさる。皆感心はしてても恩に着せたりなんぞしてるもんか。お嬢さんは立派だって皆思ってる。悪いのは網元やお嬢さんを騙したあいつ、吉次だって。あいつめ、見つけたら打ち首になってもかまわねえ、俺はあいつをぶっ殺してやるぞ」

憤怒の限りを叩きつけた。

「今まで手掛かりは吉次という名だけだったんだが――」

佐太郎の目にきらきら石が映っている。

「これが出てきた。こいつはそうやたらにある石じゃねえだろ？　だからこいつから吉次ってやつがわかるかもしれねえと思ったわけだよ。どうだい？　違うかい？」

佐太郎は季蔵が吉次であるかのように睨み据えた。

——佐太郎さんは網元のお嬢さんだったお喜代さんを想っているのだ——

「佐太郎さん、あなたが吉次の正体を知って仇(かたき)に狙うのだとしたらお手伝いはお断りします」

季蔵はきっぱりと言い切った。

「それのどこが悪い？　お嬢さんは死ぬより辛(つら)い目に遭ったんだぞ」

佐太郎は嚙みついてきた。

「探し出した吉次を殺(あや)めてあなたが死罪になったら、お喜代さん、いやお嬢さんはどうなるのです？　お父さんが亡くなられた今、独りぼっちですよ」

季蔵が返すと、

「そうよ、佐太郎さん。あたしは小さな時に病でおっかさんを亡くしてるの。大人の癖に孤児(みなしご)で哀(かな)しいだなんておかしいかもしれないけど、佐太郎さんには生きていてほしい。できればそばにいてほしいの。だから、これを見た時は仇の手掛かりなんてこと思わなかった。これを見せるのも気が進まなかった。でも、隠してもおけなかった。それほどこの石は煌(きら)めいていて、真実を隠すなって言ってるようだったから。強く惹(ひ)かれてしまうけれど怖い石——。だからお願い、佐太郎さん、ここは他の漁師さんたちが言うように塩梅屋さんに委(ゆだ)ねて」

お喜代は必死に佐太郎を宥(なだ)めた。

これを聞いていた佐太郎は、

「お嬢さんが俺に傍にいてほしいって、本当なんですかい？　聞き間違いじゃあ——」

顔を赤らめつつ佐太郎は何度も自分の両頰を抓った。

「本当よ、佐太郎さん。こんな顔になったあたしじゃ、申しわけないんだけれど」

お喜代の頰も紅色に染まった。

「お嬢さん」

「佐太郎さん」

二人が今にも抱き合いかけた時、

「そいつはお後がよろしいようで」

小上がりから松次が立ちあがると、

「無粋とは思うが恋路の邪魔はこの一時だ。お後のお楽しみの前にお喜代さんとやらに話を聞かせてもらいてえな」

季蔵の隣に立った。

「まず訊かせて貰いてえのは銀毛シロザケの荒巻の出処だ」

これについてお喜代は銀毛シロザケの元締めである海産物屋山田屋だと告げた。

「そこのご主人は今の時季、銀毛シロザケの荒巻を沢山注文してお得意さんたちに進物にしているんです。海産物であればあたしは漁師さんからでなくても、何でも走り使いの賃仕事をしていますから」

「金剛石ってえのが、その、きらきら石の名だよ。こいつが目玉に入った荒巻を預かったのはそこだな」

　松次は念を押した。

「はい」

「他に気がついたことは？　たとえば怪しい連中がいたとかさ——」

　松次は問いを続ける。

「ありません。だって、昼間ですもの、お客さんは一人もいませんでした。御主人が土間に荒巻をずらりと並べてて、〝銀毛シロザケの海だね、溺れそうだ〟なんていう冗談を満足そうにおっしゃってました」

「それ、怪しいぞ」

　松次が両手を打ちあわせた。

「荒巻をわざわざ並べて〝銀毛シロザケの海だね、溺れそうだ〟なんて言ったのは、金剛石を荒巻の一尾に隠してたからじゃねえのか？」

「山田屋さんと珠樹屋さんの接点は？　珠樹屋さんは山田屋さんのお得意様ですか？」

　季蔵はお喜代に訊いた。

「いいえ。珠樹屋さんにお届けしたことはありません」

「届け先を書いたものは？」

「毎年、その都度いただいています」

　お喜代は帯の間から畳んだ紙を出して季蔵に渡した。

――珠樹屋のような大店ともなれば暮れの大掃除は徹底的に行うことだろう。特に必須は庭の草木の整えと畳替え。この届け先の中に出入りの植木職人や畳職人がいてもおかしくない――

その旨を松次に伝えて、

「畳屋と植木屋が金剛石が盗まれた日、珠樹屋に出入りしていなかったかどうか、すぐに調べてみてください。畳屋や植木屋なら間取りを知っているはずですので、親分と珠樹屋の御隠居が揃って外した機会を狙って、金剛石を盗み出すことができたでしょうから」

と告げた。

「なるほど」

大きく頷いた松次はすぐに店を出て畳屋と植木屋を調べた。植木屋の方は盗みのあった十日前に松の幹に菰(こも)を被(かぶ)せ終えていた。畳屋はこの日、雇って一月ではあったがたいそう腕のいい畳職人、宇吉(うきち)を珠樹屋に行かせていたと話した。

「なにぶん、師走の今頃はかき入れ時ですからね。それに珠樹屋さんの今の御主人は先代と違って、見積もりで折り合うのに時がかかってしまうので、馴染(なじ)みの職人が手一杯になってしまい、新入りたちに出向いてもらうことになりました。もちろんその分、お代もお引きしましたので、今の御主人は御満足のようでしたが何かございましたか？」

と不安そうな面持ちだったという。これには宇吉が手間賃を受け取ると姿を消したこともあったようだった。

宇吉は品川宿の外れで浪人に斬り殺されようとしていたところを、田端が差し向けた追っ手の役人たちによって事なきを得た。命からがら生きながらえた宇吉は口封じされようとしていたことを知らされると、珠樹屋での金剛石盗みを白状した。

渡部堂源之助に頼まれたという証言が取れた。驚いたことに、宇吉は植木屋徳太郎が臨時に雇った渡り植木職人から、珠樹屋の隠居所で、隠居が朝晩、引出しを開けて金剛石の光を仏像のように拝み見ていることを聞いていた。直ちにその流れ植木職人の行方が追われたが、ほどなく川辺で土左衛門になり果てて見つかった。

渡部堂源之助はあくまでも他人の空似にすぎないと白を切り通したが、将来まで約束させられていたお喜代の吉次だという証言が決め手となって、よろず請負人の罪をも免れることはできなかった。渡部堂の悪事は多くは身分や地位のある人たちの窮状にだけではなく、欲と色にも巧みに付けこんで操ったり、金や権利を騙し取ったりするという、極めて悪質なものであった。金で雇ったごろつきたちや食い詰め浪人の用心棒たちを動かしていたこともあって、なかなか行き着くことができなかったのである。

さらに驚いたことに花見屋敷の布由姫は渡部堂がお縄になってもその罪を信じなかった。娘の目を覚ましてやりたいという、大殿の頼みでお喜代が烏谷や季蔵、疾風小僧たちと出向いて、渡部堂源之助に付けられた傷痕を見せて、当人が悪辣であることを話しても、

「わたくしは信じません。わたくしが愛した男が罪人であるわけも、あなたのような下賤な女を相手にするわけもないのです。嘘はお止めなさい。そして二度とわたくしの前に現

れないでください。あのお方が無実の罪で打ち首獄門になるのなら、わたくしも後を追います。地獄までわたくしたちは一緒です。ああ、それともこの世に居てあのお方への想いを貫き続けるのがよいのかもしれない」

微笑みつつ言った。

松屋お玲の部屋に似ている花見屋敷の布由姫の部屋に調べが入った。部屋からはしょ、い、い、らとをは出て来なかったが、何と数個の金剛石が見つかった。

大殿はこの事実を公にしないという約束で烏谷に相当額の橋や堤防の修理代を都合した。そして涙を飲んで愛娘（まなむすめ）の布由姫のために花見屋敷に座敷牢（ろう）を造らせた。

父親は娘に決して後追いはしてほしくない気持ちと、たとえそこまではしなくても、これ以上の我が儘は許しておけないという両方の気持ちのせめぎ合いで決断したものと思われる。

「せめて髪を下ろして尼寺へ入ってくれればというのが本音だったろう」

烏谷はぽつりと呟いた。

お喜代は佐太郎と結ばれることになった。盗まれた金剛石を見つけた者にと珠樹屋の隠居が出した十両は、ささやかながらも行われる婚儀の宴や新居等、二人のこれからの暮らしの支度金に使われる。

「それにしてもどうして、あの金剛石は山田屋が配る銀毛シロザケの目に嵌めこまれたのだろう？」

金剛石を隠居所の簞笥の引出しから盗んだ宇吉は、早々に市中から逃げたのは渡された前金は使ってしまった上に、どこかで肝心のお宝を掏られて失くしたからだと悔しそうに言った。

「盗っ人の上前を撥ねやがる奴もいるんだよ」

「まあ、この俺がその気になりゃあ、宇吉ごときの子分のふりをするなど朝飯前ってことさ」

疾風小僧は胸を張って、

「それとどうしても、お喜代に前の地獄みてえな出来事を振り切らせて、人並みに幸せになってもらいたかった。実を言うとお喜代の父親の網元はいい青磁の壺を持ってて、俺は気になってならず、いつか盗んでやろうと思って江戸に出てくるたびに見張ってたのさ。くわしい事情は知らなかったが、久々に江戸に来てみると、網元が青磁を売っても返せない借金苦で首を括って、お喜代があんな傷を負いながら健気に生きてることがわかった。それでどうせ、あの隠居は気前よく金剛石探しに金を出すだろうから、それならその金はお喜代にって思ったのさ。どうだい？　如何にも疾風小僧らしい計らいだろう？　俺はさ、花見屋敷の姫様を気取った我が儘馬鹿娘なんかより、ずっとお喜代の方が清らかで綺麗だと思うぜ。顔の傷なんて関係ねえ。そんなお喜代も父親の無念を晴らした上に、苦労が報われて佐太郎と夫婦になる。金は粋な計らいにもなった。大団円、よかった、よかった、本当によかった。めでたし、めでたし――」

弾んだ声を絞り出した。

——あなたもさぞかしお喜代さんのことを——

季蔵ははじめて見る、寂しそうな疾風小僧の横顔から目を逸らした。

〈参考文献〉

『うかたま　冬のおいしい贈り物』２０１９年冬（農山漁村文化協会）
『うかたま　冬ごもりのレシピ／ふるさとの正月料理』２０２１年冬（農山漁村文化協会）
『江戸・南蛮・東京―南蛮文化の源流をもとめて』松田毅一著（朝文社）
『長崎奉行のお献立――南蛮食べもの百科』江後迪子著（吉川弘文館）
『日本の食文化史年表』江原絢子、東四柳祥子共編（吉川弘文館）
『聞き書　新潟の食事』「日本の食生活全集15」（農山漁村文化協会）

本書は、時代小説文庫（ハルキ文庫）の書き下ろし作品です。